FOLIO SCIENCE-FICTION

Fredric Brown

# Martiens, go home !

*Traduit de l'américain par Alain Dorémieux*

Denoël

Cet ouvrage a été précédemment publié dans la collection Présence du futur aux Éditions Denoël.

*Titre original :*

MARTIENS, GO HOME !

*Première publication : Astounding, septembre 1954.*
*E.P. Dutton, New York, 1955.*

Tour à tour sténographe, bibliothécaire, commis voyageur, receveur d'autobus, plongeur de restaurant et même détective privé, Fredric Brown (1906-1972) a tardivement débuté dans la littérature par des romans policiers, avant de donner à la science-fiction quelques-unes des œuvres les plus drôles et les plus sarcastiques du genre.

Spécialiste des très courtes histoires à chute, dynamiteur impitoyable des clichés en vigueur, Fredric Brown incarne une science-fiction délibérément décalée, héritière du *nonsense* propre aux œuvres de Lewis Carroll dont il fut un fervent admirateur. *L'univers en folie*, *Martiens, go home !* mais aussi ses nombreuses nouvelles sont de petits bijoux d'humour et d'invention qui le placent parmi les auteurs cultes de la science-fiction américaine.

# *Prologue*

Si les peuples de la Terre n'étaient pas préparés à la venue des Martiens, c'était entièrement leur faute. Les événements du siècle en général et des précédentes décennies en particulier avaient dû leur mettre la puce à l'oreille.

Ils pouvaient même s'y attendre, en fait, depuis bien plus longtemps encore, l'homme ayant échafaudé des hypothèses sur la pluralité des mondes habités depuis qu'il savait que la Terre n'était pas le centre de l'univers. Mais ces hypothèses, sans rien pour les confirmer ni les réfuter, demeuraient sur un plan purement philosophique, comme la question du nombril d'Adam ou du sexe des anges.

Disons donc que cette préparation pouvait avoir commencé avec Schiaparelli et surtout Lowell.

Schiaparelli est l'astronome italien qui découvrit les canaux de la planète Mars, mais il ne soutint jamais qu'ils étaient construits de la main d'êtres vivants.

L'astronome américain Lowell vint ensuite et, après avoir étudié et dessiné les canaux, il mit en branle son imagination, puis celle du public, en affirmant que c'étaient incontestablement des constructions. Preuve indéniable que Mars était habitée.

À la vérité, peu d'astronomes se rangèrent à la théorie de Lowell; les uns nièrent jusqu'à l'existence de ces marques ou les considérèrent comme des illusions d'optique; les autres les expliquaient comme des phénomènes géographiques naturels.

Mais le public, qui tend toujours à négliger le contre au bénéfice du pour, suivit Lowell. Il demanda et redemanda du Martien, et il en eut : des millions de mots de spéculations dans le style vulgarisateur.

Puis la science-fiction prit le pas sur la science et démarra en beauté en 1895 avec l'admirable *Guerre des mondes* de Wells, où se trouve décrite l'invasion de la Terre par des Martiens, qui traversent l'espace dans des projectiles envoyés de Mars par canons.

Ce livre devait contribuer grandement à préparer la Terre à l'invasion. Et un autre Welles (un certain Orson) y participa aussi en 1938, avec son émission de radio fondée sur le roman. Celle-ci prouva — sans qu'on l'eût voulu — que même alors, des milliers de gens étaient déjà prêts à accepter l'invasion de Mars comme une réalité. Dans tout le pays, d'innombrables auditeurs qui avaient manqué l'annonce du programme crurent, en le captant par hasard sur leurs postes, que c'était vrai, que les Martiens avaient réellement débarqué pour semer la mort et la désolation. Selon leur tempérament, les uns se cachèrent sous leur lit et les autres se précipitèrent dans la rue, avec des armes à feu pour accueillir les envahisseurs.

La science-fiction s'épanouissait, mais la science aussi, tant et si bien qu'il devenait toujours plus difficile de déterminer, dans la première, où finissait la science et où commençait la fiction.

Il y eut les V-2, le radar, le sonar.

Puis la bombe A, qui fit douter les gens des limites de la science. L'énergie atomique.

Déjà les fusées expérimentales grignotaient l'espace et s'élevaient plus haut que l'atmosphère, au-dessus du désert de White Sands dans le Nouveau-Mexique.

Vint ensuite la bombe H.

Puis les soucoupes volantes. (Bien sûr, nous savons maintenant ce qu'elles étaient, mais à l'époque on crut fermement que leur origine était extraterrestre.)

Le sous-marin atomique. La découverte du metzite en 1963. La théorie de Barner prouvant la fausseté de celle d'Einstein et la possibilité de vitesses supérieures à celle de la lumière.

Maintenant, n'importe quoi pouvait arriver et un grand nombre de gens s'y attendaient.

L'hémisphère occidental n'était pas seul affecté. Partout, on devenait prêt à tout admettre. Il y eut le Japonais de Yamanashi qui prétendit être lui-même un Martien et se fit tuer par une foule en délire qui l'avait cru. Il y eut les révoltes de 1962 à Singapour, et il est reconnu que la rébellion des Philippines l'aimée suivante fut suivie chez les Moros d'un culte secret, dont les adeptes disaient être en communication mystique avec les Vénusiens et agir conseillés et guidés par eux. Et en 1964, il y eut le cas tragique des deux aviateurs américains qui durent faire un atterrissage forcé avec leur stratojet expérimental ; ils se posèrent juste au sud de la frontière et furent instantanément massacrés avec enthousiasme par des Mexicains qui, les ayant vus descendre de leur appareil avec leurs tuniques gravitiques et leurs casques à oxygène, les avaient pris pour des Martiens.

Oui, sans aucun doute, nous devions être préparés.

Mais préparés à la *forme* sous laquelle ils se montrèrent ? Oui et non. La science-fiction nous les avait présentés sous des milliers de formes — grandes ombres bleues, reptiles microscopiques, insectes gigantesques, boules de feu, fleurs ambulantes, et tout ce que vous voudrez — mais elle avait soigneusement évité le plus banal des clichés… et ce fut ce cliché qui se révéla être la vérité. Les Martiens étaient *vraiment* des petits hommes verts.

Mais avec une différence, et *quelle* différence ! À cela, personne ne pouvait être préparé.

*

Comme beaucoup de gens croient encore que cela peut être en rapport avec la question, il convient de préciser que l'année 1964 débuta sous des auspices normaux, et que rien ne la distinguait des précédentes.

Dans un sens, ces auspices étaient même plus favorables. Le léger recul économique des années 60 était surmonté et la Bourse atteignait de nouveaux plafonds.

La guerre froide était toujours dans la glacière, et la glacière ne semblait pas plus devoir exploser qu'en aucun autre moment depuis la crise chinoise.

L'Europe était plus près d'être unie que jamais depuis la Seconde Guerre mondiale et l'Allemagne relevée avait repris sa place parmi les grandes nations industrielles. Aux États-Unis, les affaires étaient en plein boom et beaucoup de garages abritaient deux voitures. En Asie, la famine était moins importante qu'à l'accoutumée.

Oui, 1964 commençait bien. Mais ce n'était que le commencement !

# PREMIÈRE PARTIE

## *Arrivée des Martiens*

# I

Date : mardi 26 mars 1964, début de la soirée. Lieu : une cabane de deux pièces dans le désert, isolée à plus d'un mille à la ronde et proche d'Indio, Californie, à cent cinquante milles au sud-est de Los Angeles.

Seul en scène au lever du rideau : Luke Devereaux.

Pourquoi lui ? Ma foi, pourquoi pas ? Il faut bien commencer par quelque chose. Et Luke, en tant qu'auteur de science-fiction, devait être en principe mieux préparé que beaucoup d'autres à ce qui allait se produire.

Je vous présente Luke Devereaux. Trente-sept ans, près d'un mètre quatre-vingts, poids actuel : soixante-cinq kilos. Tête surmontée de cheveux rouges en bataille, impossibles à domestiquer sans l'usage de fixateur, et Luke n'en employait jamais. Sous les cheveux, des yeux bleu pâle au regard de préférence vague ; le genre d'yeux dont on n'est jamais sûr qu'ils vous voient même s'ils vous regardent. Sous les yeux, un long nez mince, raisonnablement centré dans une figure en longueur et pourvue d'une barbe de quarante-huit heures au bas mot.

Tenue du héros pour le moment (20 h 14, heure de la côte Pacifique) : une chemise de sport blanche, ornementée en rouge des lettres Y.W.C.A., un pantalon crasseux et des sandales fatiguées.

Ne vous méprenez pas sur l'inscription Y.W.C.A. — Luke n'a jamais fait, ne fera jamais partie de cet organisme[1]. La chemise avait appartenu précédemment à Margie, sa femme (ou ex-femme). (Luke n'était pas exactement fixé sur sa situation matrimoniale ; le divorce avait été prononcé sept mois auparavant, mais le décret ne serait officiel que d'ici cinq mois.) En quittant le foyer conjugal, elle avait dû laisser cette chemise parmi les affaires de Luke. Celui-ci, qui en portait rarement à Los Angeles, l'avait découverte ce matin seulement. Elle lui allait bien — Margie avait de l'envergure — alors, autant la mettre l'espace d'un jour, ici dans le désert, avant de s'en servir pour nettoyer la voiture. Inutile de songer à la retourner à sa propriétaire, eussent-ils même été en de meilleurs termes. Margie avait rompu avec l'Y.W.C.A. bien avant d'avoir rompu avec lui-même, et elle n'avait pas endossé la chemise depuis lors. Peut-être l'avait-elle délibérément abandonnée au milieu de celles de son mari, en guise de farce, mais Luke en doutait, vu l'humeur dont elle avait fait montre à son départ.

1. Y.W.C.A. : *Young Women's Christian Association* (Association des jeunes filles — et jeunes femmes — chrétiennes). *(N.d.T.)*

Si farce il y avait, elle était dans l'eau, puisqu'il avait découvert la chemise en la circonstance précise où, étant seul, il pouvait se permettre de la porter. Et si elle avait escompté que, tombant sur cette relique, il laisserait mélancoliquement sa pensée voler vers elle, c'était aussi un coup pour rien. Chemise ou pas, il pensait à elle à l'occasion, mais sans la plus légère trace de mélancolie. Il était de nouveau amoureux, et d'une fille aux antipodes de Margie. Elle s'appelait Rosalind Hall et travaillait comme sténo aux studios de la Paramount. Il était fou d'elle. Fou, cinglé, mordu.

Ce fait n'était pas étranger à sa présence solitaire dans cette cabane, à des kilomètres de toute route bétonnée. Le possesseur de la cabane était un de ses amis, Carter Benson, écrivain comme lui ; il l'habitait à l'occasion, durant les mois frais comme en ce moment, dans le même dessein que celui de Luke à l'heure présente : trouver la solitude pour trouver un sujet de roman pour trouver de quoi vivre.

C'était le soir du troisième jour depuis la venue de Luke à la cabane, et il n'avait toujours rien trouvé. La solitude pourtant était sans faille. Ni courrier ni téléphone, pas âme qui vive à perte de vue.

Néanmoins, cet après-midi, il lui semblait avoir furtivement entrevu une idée. Quelque chose de vague, de diaphane, impossible à fixer sur le papier, quelque chose d'impalpable en tant que concept, mais *quelque chose.* Il espérait que ce serait un point de départ, l'amorce d'un mieux par rapport à la désastreuse situation de ces derniers temps à Los Angeles.

La pire dégringolade de toute sa carrière d'écrivain : pas un mot rédigé durant des mois. De quoi devenir fou. Et son éditeur qui n'arrêtait pas de le relancer (par poste aérienne depuis New York) en réclamant un titre — *au moins* un titre ! — à mentionner comme prochain livre à paraître de lui… et en demandant *quand* le bouquin serait écrit, requête légitimée par les cinq cents dollars d'avance déjà versés…

En définitive, livré au désespoir — et quel désespoir est pire que celui de l'écrivain incapable d'accoucher d'une ligne ? —, il avait sollicité de Carter Benson, qu'un contrat avec Hollywood allait tenir absent six mois, la permission de loger dans son ermitage. Et il entendait y demeurer jusqu'à gestation complète d'un livre ; une fois celui-ci mis en train, il pourrait retourner dans son habitat natif, où il lui serait loisible de le mener à bien sans avoir à se priver des soirées avec Rosalind Hall.

Et depuis trois jours, donc, de 9 heures du matin à 5 heures du soir, il arpentait le plancher en essayant de se concentrer. S'efforçant au calme et parfois prêt à hurler. Le soir, sachant qu'il serait plus nuisible que salutaire de torturer trop longtemps son cerveau, il s'accordait repos, lecture et quelques verres. Plus précisément, cinq verres — de quoi le détendre sans le noircir. Il les faisait durer soigneusement jusqu'à onze heures, et se mettait alors au lit. Rien ne valait la régularité… enfin, bien sûr, ce n'était pas très concluant jusqu'ici.

À 20 h 14, heure susdite, il en était à la seconde

gorgée de son troisième verre, qui le mènerait jusqu'à neuf heures. Il s'efforçait de lire, mais son esprit, au lieu de se consacrer à la lecture, l'entraînait à la recherche de l'inspiration. L'esprit humain a souvent le goût de la contradiction.

Et, sans doute parce que son cerveau suivait à cette minute une pente naturelle, Luke était plus près d'un sujet de roman qu'il ne l'avait été depuis longtemps. Laissant muser son imagination, il se demanda brusquement : « Et si les Martiens… ? »

… Un coup fut frappé à la porte.

Il la regarda avec stupéfaction avant de poser son verre et de se lever. Dans le silence du soir, il aurait forcément entendu une auto, et *à pied,* personne ne se serait promené par ici.

Il y eut un nouveau coup, plus fort.

Luke alla ouvrir et regarda dehors au clair de lune. Il ne vit rien. Il regarda ensuite à ses pieds.

— Oh… non ! exhala-t-il.

C'était un petit homme vert, d'environ soixante-quinze centimètres de haut.

— Salut, Toto, fit le petit homme vert. C'est bien la Terre ici ?

— Oh, *non !* répéta Luke Devereaux. Ce n'est *pas possible…*

— Ah ? On dirait que si, pourtant. (Le petit homme vert éleva la main.) Une seule lune, dont les dimensions et les distances correspondent. Il n'y a qu'une seule planète dans le système à n'avoir qu'une lune, et c'est la Terre. La mienne en a deux.

— Ciel ! dit Luke. (Il n'y avait qu'une seule planète dans le système solaire à avoir *deux* lunes, et c'était…)

— Allons, Toto, mettons les choses au point. Est-ce que c'est la Terre, oui ou non ?

Luke acquiesça faiblement.

— Bon, dit le petit homme. Voilà toujours un point d'acquis. Et maintenant, pourquoi est-ce que tu as l'air tout chose, Toto ?

— G-g-g-g... fit Luke.

— Tu te sens mal ? C'est ça, ta façon d'accueillir les visiteurs ? Tu ne vas pas m'inviter à entrer ?

— S-s-si vous voulez vous donner la peine... déclara Luke en reculant.

Parvenu à l'intérieur, le Martien regarda autour de lui, les sourcils froncés.

— Quelle piaule minable! Est-ce que tous les Terriens vivent là-dedans ou est-ce que c'est ce qu'on appelle un taudis? Et ce mobilier... par Argeth, c'est d'un miteux!

— Je ne l'ai pas choisi, plaça Luke sur un ton d'excuse. C'est à un de mes amis.

— Tu as des drôles d'amis. Tu es tout seul ici ?

— C'est justement ce que je me demande. Vous êtes peut-être une hallucination.

Le Martien s'éleva d'un bond jusqu'à une chaise et s'assit les jambes pendantes.

— Peut-être. Mais dans ce cas, tu as une araignée au plafond.

Luke ouvrit et referma la bouche. Il se rappela son verre et le renversa en voulant le saisir. Le contenu s'en répandit à travers la table et sur le plancher. Il jura, puis se souvint que ce n'était pas un mélange très corsé. Ce dont il avait besoin, en la circonstance, c'était de quelque chose de raide. Il alla se verser un plein verre de whisky.

Il en but une gorgée et crut qu'elle n'allait pas passer. Quand il l'eut enfin déglutie, il revint s'asseoir, verre en main, et se mit à fixer son visiteur.

— On se documente ? s'informa celui-ci.

Luke ne répondit pas. Il prenait son temps. Son hôte, à l'observer, était humanoïde mais rigoureusement non humain. Cela excluait tout soupçon, si faible fût-il, d'une blague montée par un copain à l'aide d'un phénomène de foire.

L'être ne pouvait être un nain, car son torse était très court en proportion de ses longs membres effilés, au contraire des nains. Relativement grosse, sa tête était plus sphérique qu'une tête humaine et le crâne en était complètement chauve. De même, le visage était imberbe et Luke avait l'intuition que le corps devait se trouver également dépourvu de toute pilosité.

Quant aux traits, leur constitution était normale, mais non leur proportion. Bouche et nez avaient deux fois la taille de leurs équivalents humains ; par contre, les yeux vifs étaient minuscules, et très rapprochés, et les oreilles, petites également, étaient privées de lobes. La peau avait semblé vert olive au clair de lune ; à la lumière artificielle, elle tirait plutôt sur l'émeraude.

Il y avait six doigts aux mains. Aux pieds aussi, probablement, mais la présence de chaussures interdisait de le vérifier.

Les chaussures étaient vert sombre ainsi que le reste des vêtements — culottes collantes et blouse lâche, d'une matière pareille d'aspect à du daim ou de la peau de chamois. Pas de chapeau.

— Je commence à vous croire, dit Luke encore sous le coup de la surprise. Il but une autre gorgée.

Le Martien grogna :

— Est-ce que tous les humains sont aussi tartes que toi ? Et aussi malotrus ? Boire sans même offrir un verre à son hôte !

— Pardon.

Luke se leva pour chercher un autre verre.

— Non que j'en aie envie, reprit le Martien. Je ne bois pas. Répugnante manie. Mais tu aurais pu me le proposer.

Luke se rassit avec un soupir.

— J'aurais dû. Encore pardon. Voyons maintenant. Mon nom est Luke Devereaux.

— Quel nom idiot !

— J'en penserai peut-être autant du vôtre. Puis-je vous le demander ?

— Certainement, ne te gêne pas.

Luke eut un autre soupir.

— Eh bien, quel est votre nom ?

— Les Martiens n'en portent pas. Coutume ridicule.

— Mais ils savent quand même ce que c'est. Vous m'avez bien appelé Toto.

— Forcé. Nous appelons *tout le monde* Toto, ou l'équivalent dans n'importe quel langage. On ne va pas se fatiguer à chercher un nom nouveau pour toutes les personnes à qui on parle ?

Luke avala une autre gorgée.

— Hmm, fit-il, il y a peut-être là une idée... Mais passons à plus important. Qu'est-ce qui me rend certain que vous êtes bien là ?

— Toto, je te l'ai dit, tu as une araignée au plafond.

— C'est justement là qu'est la question. En ai-je une ? Si vous êtes vraiment là, je vous accorde que vous êtes non humain, et dans ce cas je n'ai pas de raison de douter de votre lieu d'origine. Mais sinon, ou bien j'ai trop bu ou bien j'ai des hallucinations. Sauf que je sais que je n'ai *pas* trop bu : deux verres seulement, et si faibles que je ne les ai pas sentis.

— Pourquoi les as-tu bus alors ?

— Rien à voir avec notre sujet. Pour reprendre, cela laisse donc deux possibilités : ou vous êtes bien là ou je suis cinglé.

Le Martien émit un bruit grossier.

— Et qui te prouve qu'elles s'excluent mutuellement ? Il est évident que je suis bien là. Mais rien ne me dit que tu n'es pas cinglé. Je m'en fiche d'ailleurs.

Luke soupira encore. On soupirait beaucoup à converser avec un Martien. On buvait beaucoup, aussi. Son verre était vide. Il se leva pour le remplir de nouveau. Whisky pur encore, mais cette fois avec deux cubes de glace.

Au moment de se rasseoir, il eut une inspiration. Posant son verre, il dit : « Excusez-moi un instant », puis alla dehors. Si le Martien était réel, et s'il était réellement un Martien, il devait y avoir aux alentours un astronef.

À moins qu'il ne tombât aussi sur une *hallucination* d'astronef ?

Mais, à perte de vue au clair de lune, le désert était vide d'astronef, même à l'état d'hallucination. Luke fit le tour de la cabane pour s'en assurer.

Il rentra, s'assit confortablement, pompa une bonne gorgée et pointa vers le Martien un index accusateur :

— Pas d'astronef.

— Évidemment, pas d'astronef.

— Alors, comment êtes-vous venu ?

— Pas avec vos trucs à la noix, voyons. J'ai *couimé.*

— Hein ?

— Comme ça, fit le Martien en quittant sa chaise. (Le mot « comme » était venu de la chaise, le mot « ça » de derrière Luke.)

Luke se retourna d'une traite. Le Martien était perché au bord du fourneau à gaz.

— Juste ciel ! fit Luke. De la téléportation.

Le Martien disparut. Luke regarda de nouveau la chaise. Le Martien s'y trouvait.

— Téléportation, des nèfles, déclara le Martien. Moyen sommaire, il faut un support matériel. Le couimage dépend uniquement du mental. Tu ne pourrais pas y arriver. Pas assez futé pour ça.

— Vous êtes venu ainsi tout le long du chemin depuis Mars ? interrogea Luke en absorbant une gorgée.

— Bien entendu. Le temps d'une seconde avant de frapper chez vous.

— Et vous aviez déjà couimé jusqu'ici ? Eh, dites donc... (Luke éleva de nouveau l'index) j'ai l'impression que oui, au fait, et en même temps que beaucoup de vos congénères. D'où les croyances aux farfadets, aux lutins...

— Tu débloques, dit le Martien. C'est vous tous, avec toutes vos araignées au plafond, qui vous êtes collé vos croyances en tête. Personne de nous n'est jamais venu ici. Ce qu'il y a, c'est qu'on vient juste d'inaugurer la technique du couimage longue distance. Avant, c'était simplement à courte portée. Pour le faire interplanétairement, il fallait cogiter l'hokima.

— Et comment pouvez-vous parler notre langue ?

La lèvre inférieure du Martien s'enroula sur elle-même (elle était remarquablement bien adaptée à cette opération).

— Je parle tous vos petits langages à la gomme. On les entend tous dans vos programmes de radio, et même sans ça, je me charge d'en assimiler un en une heure. C'est du genre enfantin. En y mettant mille ans, tu ne pourrais pas apprendre le martien.

— Pas étonnant que vous ayez faible opinion de nous si vous la fondez sur nos programmes de radio. La plupart sont puants, je vous le concède.

— Je suppose que vous êtes nombreux à le penser, puisque vous vous en débarrassez en les projetant en l'air...

Luke se domina et continua de boire. Il se mettait à croire, en définitive, qu'il s'agissait là effectivement d'un Martien et non d'un produit de son imagination. Une idée le frappa soudain : il ne perdait rien à admettre ce fait, et, par contre, si c'était bien un Martien, il avait tout à gagner... en tant qu'auteur de science-fiction.

— Parlez-moi de Mars. Comment est-ce ? demanda-t-il.

— Ça n'est pas tes oignons, Toto.

Luke compta jusqu'à dix en essayant de garder son calme.

— Écoutez, fit-il enfin, j'ai été un peu renfrogné au début, mais c'était l'effet de la surprise. Maintenant, je vous fais mes excuses. Est-ce qu'on ne pourrait pas se comporter comme des amis ?

— Je n'en vois pas la nécessité. Tu es d'une race inférieure.

— Disons au moins : pour rendre cette conversation plus agréable pour nous deux.

— Pas pour moi, Toto. J'adore éprouver de l'aversion pour les gens et me disputer avec eux. Si tu te mets à me passer la main dans le dos, je chercherai quelqu'un d'autre.

— Non, je vous en supplie… Luke s'aperçut de son erreur et se reprit : Alors, fichez-moi le camp d'ici et en vitesse, si c'est comme ça.

— C'est mieux, fit le Martien radieux. Nous y voilà.

— Dites-moi pourquoi vous êtes venu sur Terre.

— Ça n'est toujours pas tes oignons, mais je me ferai un plaisir de te donner un aperçu. Qu'est-ce que les gens vont faire dans les zoos sur ta cochonnerie de planète ?…

— Et vous comptez rester longtemps ?

Le Martien pencha la tête de côté.

— Tu as la tête dure, Toto. Je ne suis pas le Bureau des Renseignements. Mes faits et gestes ne te concernent pas. Ce que je peux te dire, c'est que je ne suis pas venu ici pour enseigner à l'école maternelle.

Luke fixa le Martien. Le type lui cherchait querelle ? Bon, il trouverait à qui parler.

— Espèce de sale petit avorton verdâtre, je devrais…

— De quoi ? Tu voudrais ma photo, peut-être ?

— Tiens… mais comment donc ! fit Luke, surpris de n'y avoir pas songé plus tôt. Et je verrai bien quand j'aurai développé…

Il se rua dans la chambre à coucher. Son appareil était tout prêt, flash monté, dans l'espoir de saisir sur le vif quelque coyote, car il s'en approchait de la cabane la nuit.

Il revint se planter devant le Martien. « Tu veux que je prenne la pose ? » demanda celui-ci. Il mit ses pouces dans ses oreilles, agita ses dix autres doigts, loucha et tira une immense langue vert chou.

Luke prit la photo. Il rechargea l'appareil et l'éleva de nouveau. Mais le Martien cette fois avait disparu. Sa voix résonna dans son dos : « Ça suffit d'une, Toto. Ne me porte pas trop sur le système. »

Luke se retourna d'un bond et se remit en position… Derrière lui, la voix déclara qu'il s'était suffisamment couvert de ridicule comme cela.

Luke abandonna. Mais un cliché au moins avait été fait. On verrait bien ce qu'il représenterait. Dommage qu'il ne fût pas en couleurs, mais on ne peut pas tout avoir.

Son verre était vide. Il le remplit, puis s'assit. Le plancher devenait un peu fuyant sous ses pieds.

— Vous captez nos émissions de radio, dites-vous. Pourquoi pas la télévision ?

— Télévision ? Connais pas.

Luke expliqua.

— Non, fit le Martien, les ondes de ce genre ne portent pas si loin. Rendons-en grâces à Argeth! C'est déjà suffisant de vous entendre, s'il fallait encore vous *voir*!...

— Baratin! Vous n'avez pas inventé la télévision, un point c'est tout.

— Quelle idée! Si nous avons envie de voir n'importe quoi à n'importe quel endroit de notre monde, nous n'avons qu'à couimer jusque-là... Au fait, dis-moi, est-ce que je suis vraiment tombé sur un monstre, ou bien est-ce que tous les gens d'ici sont aussi moches que toi?

Luke faillit s'étrangler avec une gorgée.

— Vous voulez dire que *vous*, vous êtes à votre avis du genre beau gosse?

— Ma foi, je dois dire que oui, aux yeux d'un congénère.

— Et vous êtes sans doute la coqueluche de ces demoiselles? Enfin... si vous êtes bisexués comme nous et s'il y a *bien* des demoiselles martiennes...

— Nous sommes bisexués, mais rien de commun — grâce à Argeth! — avec vous. Chez vous autres, cela se passe-t-il vraiment avec tous ces salamalecs dégoûtants comme chez vos personnages à la radio? Et toi, es-tu «amoureux», comme vous dites, d'une femelle?

— Pas votre affaire, gronda Luke.

— Tu crois ça? (Et sur ces mots le Martien disparut.)

Luke se mit debout — pas très assuré sur ses jambes — et regarda autour de lui. Mais le Martien n'avait couimé nulle part ailleurs dans la pièce.

Il se rassit et but une gorgée pour s'éclaircir les idées.

Grâce à Dieu (ou à Argeth), il lui restait la photo. Demain, il irait à Los Angeles la faire développer. Si elle montrait un siège vide, il n'aurait plus qu'à s'abandonner aux psychiatres. Si c'était un Martien… ma foi, il aviserait.

Le mieux pour l'instant était de se cuiter le plus vite possible afin de tomber dans les bras de Morphée. Il ne s'en éveillerait que plus avant dans la matinée.

Il ferma les paupières le temps d'un clignement, les rouvrit.

Le Martien était de retour en face de lui !

Il lui souriait.

— J'étais seulement dans cette porcherie que tu appelles chambre à coucher. Je lisais ta correspondance. Quelles foutaises !

Correspondance ? Rosalind ! Les trois seules lettres qu'il avait reçues d'elle, lors d'un séjour d'une semaine trois mois plus tôt à New York, pour voir son éditeur. Conservées dévotement et emportées pour les relire dans cette solitude…

— Par Argeth, quel bla-bla-bla, continua le Martien. Et quel ridicule mode scriptural ! Le mal que j'ai eu à déchiffrer votre alphabet et à faire la corrélation entre les sons et les lettres ! A-t-on idée d'une langue où le même son s'épelle de trois manières différentes, comme dans queue, copulation et Kâma-Soûtra ?

— Espèce de sale petit fouineur ! hurla Luke. Mon courrier n'est pas votre affaire.

— Du calme. C'est moi qui décide si une chose

est mon affaire. Est-ce que tu m'aurais parlé tout seul de l'amour de ta vie, *petit trésor en or, poulet adoré, choupinet en sucre* ?

— Alors, vous les avez réellement lues, sale asticot ! Si je ne me retenais pas, je...

— Tu quoi ? fit froidement le Martien.

— Je vous expédierais jusqu'à Mars avec mon pied quelque part !

Le Martien eut un rire sardonique.

— Économise ta salive pour tes suce-bouche avec Rosalind. Et je parie que tu avales toutes les salades qu'elle te sert, que tu la supposes aussi mordue que toi...

— Elle l'est... Bon Dieu !

— N'en fais pas une apoplexie, Toto. Son adresse est sur les enveloppes. Je vais couimer jusque-là et on verra bien. Cramponne-toi.

— *Voulez-vous rester...*

Luke, de nouveau, se trouva seul.

Il remplit une fois de plus son verre vide. Il n'avait jamais été aussi saoul depuis des années. Autant continuer. Tout ce qu'il demandait, c'était de rouler sous la table avant le retour du Martien. Parce que, hallucination ou réalité, au point où il en était, c'était *trop* pour ses forces. Et il ne pourrait *plus* s'empêcher de flanquer le Martien par la fenêtre... et peut-être de déclencher une guerre interplanétaire.

— Salut, Toto. Toujours l'esprit clair ?

Il avait dû fermer les yeux. Le Martien était là.

— Du balai, sirupa-t-il. Attendez un peu que...

— Tiens-toi bien, Toto. J'ai des nouvelles pour

toi, toutes fraîches d'Hollywood. Ta poulette est au bercail et elle se sent toute seule sans toi.

— Ouais ? Elle vous l'a dit, hé ? Ça vous en bouche...

— Elle se sent même si seule qu'elle a quelqu'un pour la consoler. Un grand type blond qu'elle appelle Harry.

Luke pâlit. Rosalind avait bien un copain nommé Harry... mais voyons, c'était purement platonique. Un simple collègue dans le même service qu'elle à la Paramount. Les cancans du Martien ne prenaient pas.

— Harry Sunderman ? demanda-t-il. Un type qui a toujours des pantalons à carreaux et un pardessus en poil de chameau ?

— Oh ! que non, Toto. S'il a *toujours* des pantalons à carreaux et un pardessus en poil de chameau, ce n'est pas cet Harry-là. Parce que celui-ci n'a *rien* — sauf une montre-bracelet.

Avec un rugissement, Luke se leva et plongea vers le Martien, les mains en avant prêtes à se resserrer sur son cou.

Elles étreignirent le vide.

Elles passaient à travers le cou...

Le petit homme vert ricana et lui tira la langue. Puis :

— Tu veux savoir ce qu'ils étaient en train de faire, Toto ? Ta Rosalind et son petit Harry ?

Pour seule réponse, Luke ingurgita le restant de son verre.

Ce fut l'ultime souvenir qu'il eut à l'esprit en se réveillant le lendemain matin. Il était quand même allé jusqu'à son lit, mais gisait tout habillé sur les couvertures.

Il avait des marteaux-pilons dans le crâne et un sac de coton dans la bouche.

Assis sur son séant, il regarda de tous côtés avec appréhension.

Pas de petit homme vert.

Il alla jusqu'à la porte de l'autre pièce : celle-ci était vide.

Il hésita à se faire du café, y renonça. Il n'avait dorénavant plus qu'une envie : gagner au plus tôt la grand-route qui le mènerait à la ville. Il reviendrait plus tard chercher ses affaires, ou il les ferait prendre s'il se retrouvait sur le chemin du cabanon.

Avant tout, décamper. Et au diable le reste. Il partirait sans même prendre un bain ni se donner un coup de rasoir. Il ferait toilette une fois chez lui. Et alors — alors il réfléchirait dans le calme à cette histoire de fous, si du moins il avait récupéré son équilibre.

Il avisa l'appareil photo et résolut d'emporter au moins cela. Avant même de réfléchir, il ferait développer ce cliché. Il y avait peut-être une chance sur mille qu'il eût *vraiment* eu affaire a un Martien et non à une hallucination, bien que ses mains eussent passé au travers (mais si les Martiens couimaient, pourquoi ne pas admettre des facultés encore plus extravagantes ?).

S'il y avait un Martien sur la photo, cela changerait tout. S'il n'y en avait pas… ma foi, le mieux serait de téléphoner à Margie, en lui demandant le nom de ce psychiatre qu'elle avait voulu lui faire consulter au temps de leur mariage. La psychanalyse était le dada de Margie ; elle avait coutume de dire qu'elle s'y serait consacrée si elle avait pu poursuivre ses études.

Il quitta la cabane et ferma la porte à clé.

Puis il se rendit derrière vers sa voiture...

Juché sur le capot, se tenait le petit homme vert !...

— Salut, Toto, fit-il. Tu as plutôt une sale binette, mais je suppose que tu as tout fait pour ça. Quel vice écœurant que la boisson !

Prêt à défaillir, Luke tourna les talons, regagna la porte, réintégra la cabane, et se versa un plein verre d'alcool qu'il vida d'un trait. Il se l'était interdit l'instant d'avant, mais si les hallucinations continuaient, un remontant s'imposait.

Il referma et retourna vers la voiture. Le Martien n'avait pas bougé. Luke se mit au volant et appuya sur le starter. Puis il pencha la tête par la portière :

— Hé, vous croyez que je peux conduire avec vous pour me boucher la vue ?

Le Martien le regarda par-dessus son épaule et ricana :

— Qu'est-ce que tu veux que ça me foute, que tu aies la vue bouchée ou pas ? S'il y a un accident, ce n'est pas *moi* qui en pâtirai.

Luke soupira et démarra. Il fit tout le trajet jusqu'à la grand-route le cou tordu en dehors de la portière. Hallucination ou pas, il ne voyait pas *à travers* le petit homme vert.

Sur la route, parvenu à la hauteur d'un restauroute, il décida de s'y arrêter pour le café. Quelle importance si le Martien entrait avec lui ? Personne ne le *verrait.*

Effectivement, le Martien sauta du capot et le suivit. La salle était vide. Au comptoir, le serveur avait l'air morose.

Luke s'installa sur un tabouret. Le Martien grimpa sur le tabouret voisin en faisant un rétablissement et il appuya ses coudes sur le comptoir.

Le serveur regarda dans leur direction, les yeux fixes. Ce n'était pas vers Luke qu'ils étaient dirigés.

— Oh ! bon Dieu, grogna-t-il, encore *un autre !*

— Hein ? fit Luke. Un autre quoi ?

Ses doigts crispés sur le comptoir s'y meurtrissaient.

— Ben quoi, un autre putain de Martien, dit le serveur. Vous ne le *voyez* pas ?

Luke prit une profonde inspiration et demanda craintivement :

— Vous voulez dire... qu'il y en a *plusieurs ?*

Le serveur le dévisagea bouche bée :

— Plusieurs ? Mais *où* étiez-vous la nuit dernière ? En plein désert, sans radio ni T.V. ? Bon Dieu de bon Dieu, ils sont *un million !*

# II

Le serveur se trompait. On estima plus tard leur nombre à un milliard…

Laissons maintenant de côté Luke Devereaux — nous reviendrons à lui par la suite — et braquons notre projecteur sur les événements qui se déroulaient en d'autres endroits, au moment où Luke recevait son visiteur dans sa cabane du désert.

Un milliard de Martiens, aussi précises que pussent être les estimations. Soit environ un pour trois humains.

Soixante millions rien qu'aux États-Unis et une proportion équivalente dans tous les autres pays du monde. Autant qu'on pût le déterminer, ils étaient tous apparus partout exactement au même instant. À 20 h 14 sur la côte Pacifique et aux heures correspondantes sous toutes les latitudes. 23 h 14 à New York — la sortie des théâtres et la mise en branle de l'animation dans les night-clubs (ils avaient tout de suite été *beaucoup plus* animés une fois les Martiens sur les lieux). 4 h 14 du matin à Londres, avec les gens commençant à peine à s'éveiller (ils n'avaient plus eu très envie de dormir ensuite). 7 h 14 à Moscou, l'heure d'aller travailler (et le fait que beaucoup aient *quand même* rempli ce devoir parle en faveur du courage de la population ; à moins qu'ils n'eussent craint davantage le Kremlin que les Martiens). Et à Tokyo, 13 h 14 ; à Honolulu, 18 h 14 ; etc.

Il y eut de nombreux morts ce soir-là — ou ce matin — ou cet après-midi.

Aux États-Unis, on estima à trente mille le nombre des victimes touchées dans les minutes suivant l'arrivée des Martiens.

Les uns périrent d'arrêt du cœur dû à l'émotion, d'autres d'apoplexie. Beaucoup succombèrent à des coups de feu, car on tira énormément sur les Martiens, mais comme les balles les traversaient sans mal, elles allaient en général se perdre dans de la chair humaine toute prête à les recevoir. Enfin, il se produisit de nombreux accidents d'auto, beaucoup de Martiens ayant couimé directement dans les véhicules en marche, avec une prédilection pour les sièges avant à côté des conducteurs. Entendre au niveau d'un siège que l'on croyait vide une voix vous dire brusquement : « Plus vite, Toto, appuie sur la pédale », est un test de contrôle des nerfs dont peu d'automobilistes sont capables de se tirer sans aucun dommage.

Le nombre de victimes chez les Martiens fut égal à zéro, malgré les attaques qu'ils essuyaient, quelquefois à vue, mais le plus souvent après qu'ils eurent, comme dans le cas de Luke, poussé à bout leurs assaillants. En butte aux armes à feu, aux couteaux, aux chaises, aux fourches, aux batteries de cuisine, aux ustensiles ménagers, aux marteaux, aux haches, aux clefs anglaises, aux tables, aux saxophones et aux tondeuses à gazon — ainsi qu'à tout autre objet tombé sous la main des attaquants —, ils se contentaient de se gausser ouvertement de ces derniers et de proférer des remarques insultantes.

D'autres personnes, enfin, essayaient de se concilier leurs bonnes grâces par un chaleureux accueil. Envers celles-ci, ils se montraient cent fois plus insultants encore.

Bref, quels qu'eussent été l'endroit et le mode de réception imaginables, dire qu'ils déchaînèrent la confusion et le trouble serait le plus grand euphémisme du siècle.

## III

Prenons, par exemple, les déplorables événements qui eurent lieu à la principale station de télévision de Chicago. Non qu'ils diffèrent essentiellement de ceux qui survinrent dans toutes les *autres* stations de télévision, mais il faut bien se limiter à un seul cas.

C'était un programme de prestige : Richard Bretaine, le plus grand acteur shakespearien du monde, en vedette dans une version digest de *Roméo et Juliette* spécialement conçue pour la télévision.

Du beau travail, rondement mené. La production avait débuté à dix heures ; quatorze minutes plus tard, montre en main, on en était déjà à la scène du balcon de l'acte II. Juliette venait de se montrer au balcon et Roméo d'en bas déclamait la superbe tirade :

*Mais quelle est la lumière qui brille à sa fenêtre ?*
*C'est le jour naissant, et Juliette est le soleil !*
*Lève-toi, bel astre, et tue l'envieuse lune,*
*Déjà malade et pâle de colère*
*De voir sa vestale…*

Parvenu à ce point, il s'arrêta bouche bée…

Sur la barre d'appui du balcon, à cinquante centimètres de Juliette, se tenait perché un petit homme vert.

Le grand Richard Bretaine chancela et déglutit sa salive. Puis il se domina. Après tout, rien ne prouvait que les autres personnes présentes vissent la même chose que *lui.* Et de toute façon, l'émission devait continuer.

Bravement, il poursuivit :

*… la surpasser en beauté :*
*Renonce au culte austère de cette jalouse,*
*Dont l'odieuse livrée cadavérique et verte…*

Le mot *verte* se bloqua dans sa gorge. Il s'arrêta pour reprendre haleine et perçut à ce moment le murmure collectif qui emplissait le studio.

Ce fut le moment que choisit le petit homme vert pour placer d'une voix claironnante :

— Eh, Toto, t'as pas fini de déc… ?

Juliette, sursautant, tourna alors la tête et *vit* ce qui se tenait auprès d'elle. Elle hurla et s'évanouit.

Le petit homme vert la considéra calmement et s'informa :

— Et alors, Chouquette, ça ne va pas ?

Le metteur en scène était un homme d'action. Vingt ans plus tôt dans les *Marines*, il avait *mené* et non suivi ses hommes à l'assaut des plages de Tarawa et Kwajalein ; il avait eu deux médailles pour faits exceptionnels de bravoure en des occasions où la stricte application du devoir était déjà un suicide. Depuis, il avait gagné trente kilos et un compte en banque, mais il était toujours aussi intrépide.

Il le prouva en se précipitant dans le décor pour empoigner l'intrus et le propulser ailleurs.

Il empoigna... mais rien ne se produisit. Le petit homme vert émit un tonitruant sifflet du plus pur style Brooklyn, puis se mit debout sur la barre d'appui. Et, tandis que les mains du metteur en scène tentaient vainement d'enserrer ses chevilles au lieu de les traverser, il se tourna face à la caméra, et fit un pied de nez en se gonflant les joues comme une grenouille.

À cet instant, l'opérateur eut assez de présence d'esprit pour couper la séquence. D'ailleurs, depuis quelques minutes, les cinq cent mille spectateurs de l'émission avaient autre chose à faire que de regarder ce qui se passait sur leurs écrans. Ils avaient assez de leurs Martiens personnels à domicile.

# IV

Autre exemple : le triste cas des couples en pleine lune de miel. Car à tout moment donné — y compris donc celui-ci — il y a des couples plongés dans leur lune de miel, ou dans l'équivalent acceptable sinon tout aussi légal d'une lune de miel.

Pour l'édification, prenons au hasard Mr. et Mrs. William R. Gruber, vingt-cinq et vingt-deux ans, mariés du jour même à Denver, en profitant d'une permission de Bill qui était dans la marine. Eussent-ils prévu ce qui allait leur advenir, nul doute qu'ils se seraient précipités dans un hôtel aussitôt l'anneau échangé afin de consommer le mariage sur place. Mais évidemment, ils ne se doutaient de rien.

Au moins eurent-ils une chance : celle de ne pas avoir à supporter impromptu la vue d'un Martien et d'avoir le temps de préparer leurs esprits à l'événement.

À 21 h 14, ils venaient précisément de s'inscrire sur le registre d'un hôtel (après une soirée oisive prolongée par des cocktails, sans hâte, pour bien se montrer l'un à l'autre qu'ils avaient assez de détermination pour attendre l'heure décente d'aller au lit, et qu'enfin ils ne s'étaient pas mariés *uniquement* pour *ça*).

Bill donnait son pourboire au groom qui avait porté leurs bagages dans leur chambre, quand retentit le premier d'une série de cris qui se succédèrent en chaîne d'une chambre à l'autre au long du couloir, agrémentés de jurons de colère, de bruits de pas précipités dans les corridors et, quelque part, des six coups de feu vidant un barillet.

Dans la rue, on distinguait d'autres cris, d'autres coups de feu, des plaintes de freins brutalement serrés.

Bill fronça les sourcils :

— Je croyais cet hôtel réputé pour être calme…

— Il l'est, monsieur, répondit le groom atterré. Je ne comprends absolument pas…

Il sortit de la chambre et alla voir dans le corridor. Une personne qui venait d'y passer en courant avait déjà disparu au tournant.

Il jeta par-dessus son épaule :

— Excusez-moi, monsieur. Je ne sais pas ce qui se passe, mais il se passe *quelque chose.* Je vais voir en bas. Je pense que vous devriez verrouiller votre porte… Bonne nuit, monsieur, et merci.

Quand il fut parti, Bill mit le verrou.

— Rien de grave, probablement, ma chérie. N'y pensons plus.

Il s'approcha d'elle…

Une nouvelle fusillade retentit, venant de la rue sans aucun doute, et il y eut d'autres piétinements pressés.

Bill, interloqué, alla ouvrir la fenêtre. Dorothy l'y rejoignit.

Ils ne virent rien d'autre tout d'abord qu'une rue déserte servant de parking. Puis un homme surgit en courant de la porte d'un immeuble. Un enfant le suivait. Un enfant ?... Même à cette distance et du troisième étage, cet être semblait bizarre. L'homme s'arrêta pour lui donner des coups de pied. S'ils n'avaient pas la berlue, le pied avait passé droit *au travers* de l'enfant (?).

L'homme ramassa une pelle monumentale qui eût été comique en d'autres circonstances, puis, se relevant, il se remit à courir, toujours serré de près par l'enfant (? ?). L'un des deux prononçait des paroles indistinctes ; Dorothy et Bill ne surent qui, mais ce n'était pas en tout cas une voix enfantine. Ils disparurent au coin de la rue. Dans le lointain, résonnèrent d'autres coups de feu.

Il n'y avait plus rien à voir. Ils rentrèrent la tête et se regardèrent.

— Bill... crois-tu que ce soit... euh... la révolution ?

— Bien sûr que non, voyons. Mais attends un peu...

La chambre était pourvue d'une radio. Il l'alluma et tous deux se tinrent enlacés, à regarder l'appareil qui chauffait. Quand celui-ci bourdonna, Bill manœuvra l'aiguille pour enfin capter une voix au comble de l'excitation :

« ... sont sans aucun doute des Martiens ! Mais la population est *instamment* invitée à conserver son calme. Que personne n'essaie de les attaquer. Toute violence pourrait être nuisible. Ils sont inoffensifs. Ils ne peuvent pas plus être dangereux pour nous que nous pour eux. Je répète : ils sont inoffensifs.

« Rien ne peut les blesser. La main les traverse comme de la fumée. C'est pourquoi l'emploi de toute arme est inutile. Mais d'après toutes les informations reçues jusqu'à présent, aucun d'eux n'a tenté d'action contre les humains. Que chacun en conséquence garde son sang-froid et évite de céder à la panique... »

Et soudain la voix du speaker monta d'un cran :

« Ça y est, en voilà un sur mon bureau devant moi ! Il me dit quelque chose mais j'ai la bouche tellement près du micro que... »

— Bill, c'est une blague. Encore une de ces émissions de science-fiction... Prends un autre programme.

Bill tourna l'aiguille avec un « Bien sûr, chérie ». Une autre voix :

« ... et surtout, mesdames, messieurs, ne vous affolez pas. N'essayez pas de tuer les Martiens, vous ne risqueriez que de toucher votre voisin, sinon vous-mêmes par contrecoup. Restez calmes. Comme vous le savez peut-être déjà, ils sont dans le monde entier, pas seulement chez nous. Nous n'avons pu détecter une seule chaîne qui ne signale leur arrivée.

« Mais ils ne vous feront pas de mal. Je répète, ils ne vous feront pas de mal. Par conséquent, ne vous énervez pas, conservez votre calme... Attendez une minute, celui qui est sur mon épaule... il essaie justement de me dire quelque chose... Voilà, je lui passe le micro, il va vous rassurer lui-même. Ils ont été... mon Dieu, incivils à notre égard, mais je suis sûr que, sachant qu'il s'adresse à des millions d'auditeurs, il va... Tenez, mon ami, accepterez-vous de dire quelque chose de rassurant à tous ceux qui nous écoutent ?... »

Une voix plus aiguë prit alors la parole :

« Merci, Toto. Ce que je te disais, c'était de boucler ta grande gueule. Et *maintenant*, ce que je peux dire à tous ces adorables auditeurs, c'est... »

L'émission fut brutalement interrompue.

Dorothy et Bill, désenlacés, s'entre-regardèrent.

— Chéri, je t'en prie, essaie encore ailleurs. Une telle chose ne *peut* pas...

La main de Bill se tendit vers le bouton, mais ne l'atteignit pas.

Derrière eux, une voix résonna :

— Salut, Toto. Salut, Chouquette.

Ils se retournèrent d'un bond. Devinez ce qu'ils virent ?!

Le Martien était assis les jambes croisées sur le rebord de la fenêtre qu'ils venaient de quitter.

Une minute de silence s'écoula. Les mains des jeunes époux s'étaient étreintes.

— Alors quoi, rigola le Martien, vous avez avalé votre langue ?

Bill s'éclaircit la voix.

— Est-ce que vous êtes vraiment... euh... un Martien ?

— Nom d'Argeth, mais il est stupide ! Oser encore le demander !

— Eh bien, espèce de sale petit...

Dorothy le retint par la manche :

— Ton sang-froid, Bill ! Rappelle-toi la radio.

Bill se domina, mais son regard restait chargé de dynamite.

— Très bien. Dites-moi ce que vous voulez.

— Mais rien, Toto. Comme si tu pouvais me donner quelque chose !

— Alors décampez. On n'a pas besoin de votre compagnie.

— Oh… je vois. Jeunes mariés, sans doute ?

— D'aujourd'hui, précisa avec orgueil Dorothy.

— Parfait !… Dans ce cas, je veux bien quelque chose. J'ai entendu parler de vos dégoûtantes habitudes en matière d'accouplement. Je vais vous regarder faire.

C'en était trop pour Bill. Il s'élança vers la fenêtre où se pavanait le Martien… et faillit basculer par-dessus le rebord vide.

— Et colère avec ça, fit la voix du Martien. Hou, le laid !

Bill revint à Dorothy qu'il entoura d'un bras protecteur.

— C'est incroyable, gémit-il. Il n'est plus là !

— Tu crois ça, pauvre andouille ? fit le Martien, toujours de la fenêtre.

— Tu vois, Bill, déclara Dorothy, c'est comme la radio disait. Mais rappelle-toi qu'il ne peut pas nous faire de mal.

— Et alors, j'attends toujours, dit le Martien. Décidez-vous si vous voulez que je m'en aille. Vous commencez par vous déshabiller, je crois ? Allez, enlevez-moi tout ça.

Dorothy retint de nouveau Bill dont le visage

était convulsé. Elle s'avança elle-même vers le Martien, une lueur implorante dans le regard.

— Vous ne comprenez pas, plaida-t-elle. Nous ne faisons... cela qu'en privé. Cela nous est impossible tant que vous êtes là. Partez, je vous en supplie.

— Des nèfles, Chouquette. J'y suis, j'y reste.

Et le Martien resta.

Trois heures et demie durant, assis côte à côte sur le lit nuptial, ils tentèrent de l'ignorer et de lasser sa patience. Ils parlaient occasionnellement, mais la conversation n'était guère brillante. De temps à autre Bill allumait la radio, espérant y entendre du nouveau sur les moyens de traiter avec les Martiens, ou des recommandations plus constructives que celle de rester calme, ce dont il se sentait parfaitement incapable.

Mais toutes les stations émettrices étaient à même enseigne — pareilles à des asiles de fous dépourvus de personnel — quand encore elles n'avaient pas disparu des ondes. Et on n'avait toujours rien trouvé pour composer avec les Martiens. À intervalles réguliers étaient diffusés des messages du président des États-Unis, du directeur de la Commission de l'énergie atomique, ou autres personnages importants. Selon tous, il fallait rester calme, ne pas s'affoler; les Martiens n'étaient pas dangereux et des rapports d'amitié étaient peut-être possibles avec eux. Mais aucune station ne signalait le moindre indice laissant supposer qu'un Terrien eût pu se faire un ami d'un Martien!

Bill finit par abandonner complètement la

radio et, revenu sur le lit, il oublia qu'il ignorait le Martien pour le contempler d'un air menaçant.

Apparemment, ce dernier ne leur prêtait pas attention. Il avait sorti de sa poche un petit instrument de musique semblable à un fifre et y jouait à sa propre intention des airs — si un tel mot pouvait être employé. Les notes étaient insupportablement aiguës et ne formaient aucun motif musical qui pût se rapprocher de ceux de la Terre. Comme un bruit de roues de wagon mal huilées.

Parfois, il posait son fifre et les regardait tous les deux sans rien dire, ce qui était encore plus irritant que n'importe quelles paroles.

À une heure du matin, Bill explosa :

— Et puis la barbe ! Il ne peut pas y voir dans le noir, et si je ferme les volets avant d'éteindre les lumières…

— Mais, chéri, fit avec anxiété Dorothy, qu'est-ce qui nous *prouve* qu'il ne voit pas dans le noir ? Les chats et les chouettes le font bien.

Bill n'hésita qu'un moment.

— Eh bien, bon Dieu, même s'il y voit dans le noir, il ne pourra pas voir à travers les couvertures ! Nous nous coucherons d'abord et nous déshabillerons ensuite.

Il alla fermer les volets, prenant un plaisir méchant à traverser des bras le corps du Martien au cours de l'opération. Puis il éteignit et gagna son lit à tâtons.

Et, en dépit des inhibitions dues à la nécessité d'agir en silence, ce fut quand même une nuit de noces en fin de compte.

Leur satisfaction aurait été entamée (et elle le

fut effectivement le lendemain) s'ils avaient su, comme on devait très vite s'en apercevoir, que les Martiens voyaient non seulement dans le noir, mais *aussi* à travers les couvertures. Ou même les murs. Comme avec des rayons X. Une faculté spéciale comme le couimage, valable avec tous les corps solides. Ils lurent des lettres et des livres sans les ouvrir, déchiffrèrent des documents gardés dans des coffres-forts… Leur acuité visuelle était hors ligne.

Dès lors, on sut qu'il n'y aurait plus jamais d'intimité *certaine* avec eux aux alentours. Même si votre chambre était vide, qui disait qu'un Martien n'était pas occupé à vous espionner de l'autre côté du mur ou de la maison ?

Seulement, la première nuit, personne ne s'en doutait encore (Luke Devereaux lui-même pouvait avoir cru que son Martien, pour lire sa correspondance, avait fouillé dans ses affaires). Et cette nuit-là, où les gens ne se méfiaient pas, suffit à documenter extrêmement les Martiens. Notamment les milliers d'entre eux qui se trouvèrent couimer dans des chambres déjà obscures et furent assez intéressés par ce qui s'y passait pour ne pas ouvrir instantanément la bouche.

# V

L'autre sport en chambre le plus populaire d'Amérique en prit également un sérieux coup la nuit fatidique, au point qu'il devint impossible de le pratiquer par la suite.

Prenons ce qui arriva à la bande qui se réunissait chaque mardi soir pour le poker chez George Keller, sympathique célibataire domicilié sur la plage au nord de Laguna, Californie.

Ils étaient cinq, George y compris. Le poker leur était moins un vice qu'une religion. Ces fiévreuses réunions du mardi constituaient pour eux le grand événement de la semaine, celui dont la perspective scintillait au milieu de toutes leurs heures ternes. Ils y sacrifiaient comme à un rite, dans la tenue propitiatoire, en chemise et la cravate desserrée, entourés des accessoires de la cérémonie : jetons et bouteilles de bière.

Les cartes venaient d'être distribuées pour la première partie. À l'autre bout de la pièce, la radio diffusait de la musique douce (programme toujours spécialement choisi par George pour les soirées du mardi). Les annonces se firent et trois joueurs tirèrent. George, concentré sur ses deux paires par des petites cartes, était en train de supputer la chance et hésitait à se resservir.

Soudain, il se rendit compte que la musique avait cessé sans qu'ils y prissent garde. Une voix excitée débitait des phrases, mais le volume était trop faible pour permettre de les saisir. Cependant, cette voix était manifestement affolée. Et George connaissait ses programmes par cœur : il n'y avait pas de raison que *L'Heure du Rêve* s'interrompît ainsi sans crier gare. Que se passait-il ?

Il alla augmenter la puissance du poste.

« … Des douzaines de petits hommes verts dans le studio autour de nous. Ils disent qu'ils sont des Martiens. Leur présence est signalée partout. Mais gardez tous votre calme. Ils sont inoffensifs car ils sont impal… imp… enfin, parce que vous ne pouvez pas les *toucher.* Pour la même raison, ils ne peuvent vous faire de mal… »

— Bon Dieu, George, lança Gerry Dix, chef comptable à la banque de Laguna, tu lâches le jeu rien que pour aller écouter une émission de science-fiction ?

— Mais, dit George, c'est *L'Heure du Rêve* qui devrait être là. J'en suis sûr.

— C'est vrai, déclara Walt Grainger. Il y a une minute on entendait une valse. Même qu'on aurait dit du Strauss.

— Essaie un autre programme, George, suggéra Bob Trimble, le papetier local.

George allait tourner le bouton quand la radio s'éteignit subitement.

— Zut, s'exclama George, quelque chose a grillé. On n'en tirera plus rien.

— Ce sont les Martiens, dit Harry Wainright, qui était chef de rayon d'un magasin. Allez, viens jouer, George.

— Et dire qu'il n'y a même pas le téléphone! fit George. On ne peut pas savoir ce qui se passe.

— Tu veux qu'on aille voir en ville? demanda Walt.

— Pour rencontrer en route tout l'équipage d'un astronef martien!... gouailla Gerry Dix.

— Bon sang, jouons, reprit Wainright. S'il y a des Martiens, eh bien, qu'ils se dérangent s'ils veulent nous voir. On ne va quand même pas interrompre notre poker pour eux, non?

La partie reprit là où elle s'était interrompue. George redemanda une carte. Trimble, qui distribuait, la lui tendit à travers la table. Mais la main de George n'eut pas le temps de la toucher...

Les yeux exorbités, Walt Grainger venait de laisser tomber ses cartes, avec un « Nom de Dieu! » dont le ton leur glaça les moelles.

Tous le fixèrent, puis se retournèrent pour suivre la direction de son regard.

Il y avait deux Martiens, l'un juché au sommet d'une lampe, l'autre sur le meuble radio. Le moins affolé fut peut-être George, qui avait été à deux doigts d'y croire en entendant le communiqué l'instant d'avant.

— B... bonsoir, lâcha-t-il faiblement.

— Salut, Toto, fit le Martien sur la lampe. À ta place, moi, j'abandonnerais après avoir tiré.

— Hein? Quoi?

— Je te le dis, Toto. Deux sept et deux trois, tu as là, et ça va te faire un full parce que la carte du dessus dans le paquet est un sept.

— Tout juste, Toto, dit l'autre Martien. Et tu perdrais ta chemise avec ce full parce que ce petit père-là (il désigna Harry Wainright, qui avait ouvert)... a trois valets dans sa main, et que le quatrième est la seconde carte du paquet.

— Continuez la partie, vous verrez bien, susurra le premier Martien.

Convulsivement, Harry Wainright se leva en jetant ses cartes retournées sur la table (trois valets parmi elles) et il retourna les deux premières du paquet : un sept et un valet.

— Et alors, tu pensais peut-être qu'on te faisait marcher, Toto ? interrogea le premier Martien.

— Espèce d'infect... hurla Wainright, les muscles bandés, prêt à bondir.

— Harry, rappelle-toi la radio, dit George. Tu ne peux pas les toucher.

— Tu l'as dit, Toto, déclara le Martien. Ça ne servirait qu'à te rendre encore plus couenne que tu ne l'es.

— Continuez donc à jouer, voyons, intervint l'autre Martien. On va vous aider... tous à la fois, sans faire de jaloux.

Trimble se leva d'un air farouche :

— Tu prends celui-ci, Harry. Moi, je me charge de l'autre. Si la radio a dit vrai, on ne pourra pas les éjecter, mais crénom ! ça ne coûte rien d'essayer !

Ça ne coûtait rien en effet. Mais ça ne rapportait rien non plus.

# VI

Ce fut chez les militaires que l'arrivée des Martiens sema le plus de victimes, dans le monde entier.

Partout, des sentinelles vidèrent leurs armes sur eux. Les Martiens, goguenards, les encourageaient à continuer.

Les soldats sans armes à leur disposition chargeaient sur eux. Certains se servirent de grenades. Des officiers employèrent la baïonnette.

Le résultat fut un vrai carnage — chez les soldats, s'entend. Le prestige des Martiens devait s'en trouver accru.

Le pire supplice intellectuel fut celui qu'endurèrent les officiers en charge dans des installations *ultrasecrètes*. Car ils ne furent pas longs à se rendre compte (ceux, du moins, qui étaient intelligents) qu'il n'était plus désormais *question* de secret, ultra ou autre. Pas pour les Martiens. Ni pour personne d'autre, vu la prédilection des Martiens à colporter des commérages.

Ce n'était pas qu'ils fussent attirés par les questions militaires. Leur examen des dossiers concernant les bases secrètes de fusées et les superbombes les laissait parfaitement indifférents.

— Des c… ades, Toto, dit au général commandant la base « Able » (la plus ultrasecrète de toutes) le Martien assis sur le bureau de ce dernier. Vous ne pourriez pas enfoncer une tribu d'Esquimaux, avec n'importe quelle de vos armes, s'ils savaient seulement varnoufler. Et nous pourrions leur apprendre, rien que pour vous faire marronner.

— Et qu'est-ce que vous entendez par *varnoufler*, tonnerre de Dieu ? rugit le général en s'arrachant les cheveux.

— Tu es un vilain curieux, Toto.

Le Martien se tourna vers l'un de ses congénères. Ils étaient quatre en tout dans la pièce.

— Hé, dit-il, couimons voir un peu chez les Russes. On comparera les plans secrets.

Tous deux disparurent.

L'un de ceux qui restaient dit à son compagnon :

— Écoute-moi ça. Un vrai poème !

Et il se mit à lire à haute voix un document supersecret détenu dans le coffre-fort blindé.

L'autre Martien eut un rire méprisant.

Le général aussi eut un rire, qui n'était pas de mépris. Ce rire se continua jusqu'à ce que deux de ses adjoints l'eussent emmené avec ménagements.

Le Pentagone était une maison de fous. Le Kremlin aussi. Or l'un et l'autre avaient plus que leur part de Martiens.

En effet ceux-ci témoignaient — et témoignèrent toujours — d'une scrupuleuse impartialité.

Ils se répartissaient partout en proportion. Aucun endroit ne les intéressait plus qu'un autre. Maison-Blanche ou chenil, c'était tout comme. Les plans d'installation de la station interplanétaire ou les détails de la vie sexuelle du plus humble balayeur de rues leur inspiraient le même ricanement.

Et partout, de toutes les façons, ils envahissaient l'intimité. Les mots mêmes d'intimité, de secret, n'avaient plus de sens, ni sur le plan individuel ni sur le plan collectif. Tout ce qui nous concernait sur ces deux plans les intéressait, les amusait, et les dégoûtait.

Manifestement, leur propos était l'étude du genre humain. Ils ne prêtaient pas attention aux animaux (mais n'hésitaient pas à les effrayer ou les tourmenter si l'effet en retombait indirectement sur les hommes).

Les chevaux notamment les craignaient beaucoup, et l'équitation — tant comme sport que comme mode de locomotion — devint impraticable à force de danger.

Seul un casse-cou se fût enhardi, avec les Martiens dans les parages, à traire une vache sans l'attacher et lui immobiliser les pieds.

Les chiens piquaient des crises de nerfs. Beaucoup mordirent leurs maîtres, qui durent s'en débarrasser.

Seuls les chats, passé les premières expériences, s'accoutumèrent à leur présence et la supportèrent avec un calme olympien. Mais les chats, comme chacun sait, ont toujours été des êtres à part.

# DEUXIÈME PARTIE

# *Séjour des Martiens*

# I

Les Martiens restèrent. Personne n'eût pu deviner pour combien de temps. Ils pouvaient aussi bien avoir décidé de s'établir en permanence. Comme ils le disaient, cela n'était pas nos oignons.

On ne sut d'eux que ce qui se voyait à l'œil nu.

Physiquement, ils se ressemblaient beaucoup plus que les humains entre eux. La seule différence constitutive regardait leur taille. Les plus grands atteignaient quatre-vingt-dix centimètres, les plus petits n'en mesuraient que soixante-cinq.

Plusieurs théories se diffusèrent pour expliquer cette différence. Selon les uns, elle équivalait simplement aux variations de taille humaines; selon les autres, elle indiquait un rapport de croissance entre jeunes sujets et adultes formés.

Certaines gens y voyaient le seul signe distinctif du sexe, les autres signes, quels qu'ils pussent être, n'étant pas visibles quand ils étaient habillés. Et comme personne ne les vit jamais déshabillés, on ne sut jamais si oui ou non les grands étaient les mâles (?) et les petits les femelles (?).

D'après une autre théorie, leur race n'avait pas

de différenciation sexuelle : peut-être étaient-ils bisexués, peut-être pas sexués au sens où nous l'entendions, peut-être se reproduisaient-ils par une sorte de parthénogenèse. Pour ce que nous en savions, ils pouvaient pousser sur des arbres et s'en détacher quand ils étaient à point, adultes et intelligents, prêts à affronter leur monde, ou le nôtre pour en ricaner. Dans ce cas, les plus petits eussent été des bébés prématurés, mais déjà aussi pleins de malice et de haine que leurs aînés.

Nous ne sûmes jamais ce qu'ils mangeaient ou buvaient, ni même s'ils se nourrissaient. Ils ne pouvaient absorber de nos aliments, puisqu'ils n'auraient pas réussi à les tenir en main (pour la même raison qui nous empêchait, nous, de les toucher). Selon la plupart des gens, ils couimaient instantanément jusqu'à Mars et retour quand ils avaient besoin de nourriture — ou même peut-être de sommeil, car nul n'en vit jamais un seul dormir.

Nous ne pouvions pas plus être certains de la *réalité* de leur présence. Les savants rappelaient qu'une forme de vie non corporelle, non matérielle, est une impossibilité. Par conséquent, ce n'était pas les Martiens eux-mêmes que nous voyions, mais leurs *projections* ; les Martiens possédaient des corps tangibles tout comme nous, qu'ils abandonnaient sur Mars, peut-être après s'être mis en état de transe ; leur couimage était simplement la faculté de projeter et de rendre visible leur corps astral.

Cette théorie, si elle était vraie, expliquait tout sauf une chose : comment une projection non corporelle pouvait-elle parler ? Le son est produit par la vibration de l'air ou d'autres molécules. Comment par conséquent une chose qui n'était *pas là*, concrètement parlant, eût-elle pu engendrer des sons ?

Et ces sons n'étaient pas une hallucination : on les enregistrait. Ils parlaient réellement et pouvaient même (en de rares occasions) frapper aux portes. Mais en fait celui qui avait frappé à celle de Luke Devereaux la Nuit de l'Arrivée (ainsi la nommait-on) était une exception. La plupart avaient couimé au hasard sans s'annoncer, dans les living-rooms, les chambres à coucher, les studios de télévision, les night-clubs, les théâtres, les bars (quelles scènes admirables dans les bars !), les casernes, les prisons, les tripots, les igloos.

On les voyait sur les photos (Luke Devereaux s'en serait aperçu s'il s'était décidé à faire développer les siennes). Ils étaient donc opaques à la lumière... mais pas au radar, ce qui poussait les techniciens à s'arracher les cheveux.

Tous insistaient sur le fait qu'ils n'avaient pas de noms, ceux-ci étant aussi ridicules qu'inutiles. Aucun ne s'adressa jamais à un humain par le sien. Ils appelaient tous les hommes Toto et toutes les femmes Chouquette, et dans chaque pays employaient des équivalents locaux à ces sobriquets.

Ils témoignèrent d'aptitudes intenses dans un domaine au moins : la linguistique. Le Martien de Luke ne galégeait pas en se vantant de pouvoir apprendre une langue en une heure. Les Martiens qui tombèrent chez des peuplades primitives dont les dialectes n'existaient pas à la radio parlèrent couramment ceux-ci au bout d'un tel laps de temps. Et, quel que fût le langage, ils l'employaient dans toute sa richesse idiomatique, sans aucune des difficultés que rencontrent les humains dans la possession parfaite d'une langue étrangère.

D'innombrables mots de leur vocabulaire n'avaient *manifestement* pas été appris à nos programmes de radio. Ils les avaient tout simplement acquis dans les instants suivant leur arrivée, période suffisante pour parachever libéralement leur éducation en se constituant un répertoire de mots grossiers. Pour ne citer qu'un exemple, le Martien qui avait interrompu l'émission de *Roméo et Juliette* en commentant avec vulgarité la scène du balcon, devait certainement avoir couimé au préalable dans quelque taverne, avant de chercher un endroit plus calme à troubler, sans doute lorsque les lieux avaient été envahis par ses congénères.

Psychologiquement, les Martiens se ressemblaient encore plus que physiquement, mis à part quelques variations d'ordre secondaire (il y en avait quelques-uns qui étaient *encore* pires que les autres).

Mais tous, autant qu'ils étaient, se montraient acariâtres, arrogants, atrabilaires, barbares, bourrus, contrariants, corrosifs, déplaisants, diaboliques, effrontés, exaspérants, exécrables, féroces, fripons, glapissants, grincheux, grossiers, haïssables, hargneux, hostiles, injurieux, impudents, irascibles, jacasseurs, korriganesques. Ils étaient lassants, malfaisants, malhonnêtes, maussades, nuisibles, odieux, offensants, perfides, pernicieux, pervers, querelleurs, railleurs, revêches, ricanants, sarcastiques, truculents, ubiquistes, ulcérants, vexatoires, wisigothiques, xénophobes et zélés à la tâche de faire vaciller la raison de quiconque entrait en leur contact…

## II

De nouveau seul et l'esprit abattu (il eût fallu la présence d'un Martien pour l'abattre davantage), Luke Devereaux, notre sympathique héros, était sans hâte occupé à défaire ses deux valises, dans la petite chambre qu'il avait louée à Long Beach dans une pension bon marché.

C'était deux semaines après la Nuit de l'Arrivée. Cinquante-six dollars en tout séparaient Luke de la mort par inanition. Il était en quête de n'importe quel travail pouvant lui permettre de manger après la fonte de son pécule. Il avait même momentanément renoncé à toute tentative d'ordre littéraire.

Dans un sens, il avait été verni. Son studio d'Hollywood loué cent dollars par mois et meublé par ses soins, il avait pu en tirer un bénéfice égal en le sous-louant… meublé. Cela lui permettait d'économiser, tout en gardant ses affaires sans avoir à payer de garde-meubles. Il n'était pas question de les vendre ; les pièces les plus coûteuses étaient sa télévision et sa radio : deux choses totalement dépréciées avec les sabotages des Martiens.

Il n'avait emporté que des vêtements et sa machine à écrire pour les lettres de sollicitation. Il aurait à en rédiger de nombreuses, pensa-t-il mélancoliquement. Même ici à Long Beach la situation serait dure. À Hollywood, elle eût été impossible.

Hollywood était, avec la T.V. et la radio, le domaine le plus touché. Tout le monde au chômage, des producteurs aux grandes vedettes. Tous dans le même bateau, un bateau qui avait brusquement sombré.

Par voie de conséquence, toutes les industries annexes de la cité du cinéma avaient périclité. Les milliers de boutiques de luxe, d'instituts de beauté, d'hôtels chics, de boîtes à la mode, de fins restaurants (et d'honorables maisons de passe), dont la clientèle se recrutait parmi la faune des studios, étaient au bord de la faillite.

Hollywood devenait un village déserté. Seuls y demeuraient ceux qui, pour une raison ou une autre, avaient été empêchés de partir et que Luke aurait été forcé d'imiter (à moins de prendre la route pédestrement) s'il y était resté plus longtemps.

N'eût été l'exiguïté de ses fonds, il eût mis plus de distance entre lui et Hollywood que celle jusqu'à Long Beach. Mais, de toute façon, la situation se valait partout.

Dans l'ensemble du pays (exception faite de la défection totale d'Hollywood), le mot d'ordre pendant une semaine avait été : LE TRAVAIL CONTINUE.

Dans certains métiers, les difficultés n'étaient

pas trop insurmontables. On peut s'habituer à conduire un camion avec un Martien qui met en doute par des rires incongrus vos talents de chauffeur, ou joue à saute-mouton sur votre capot (enfin, si l'on ne s'y *habitue* pas, on peut tout au moins le supporter). On peut aussi vendre de l'épicerie derrière un comptoir avec un Martien assis — impondérablement mais inébranlablement — sur votre tête, et agitant ses pieds devant votre figure tout en répartissant avec équité ses quolibets entre le client et vous. De telles épreuves sont peu propices à l'entretien de l'équilibre nerveux, mais on peut quand même en triompher.

Seulement les conditions n'étaient pas aussi bonnes dans toutes les branches, notamment celle des amusements publics qui, dès le début, comme on l'a vu, avait été la moins favorisée.

Les émissions télévisées en direct n'avaient pas tenu plus de quelques minutes, la première nuit, et devaient à jamais cesser d'être viables. Les Martiens *adoraient* interrompre les émissions en direct. Même cas pour la radio. Les émissions présentant des films, elles, avaient duré la soirée, sauf dans les cas de panique des techniciens.

Beaucoup de stations fermèrent, les autres subsistèrent en programmant de la musique enregistrée, mais on se lasse vite d'entendre éternellement les mêmes rengaines, même si une temporaire absence de Martiens vous permet d'écouter sans être dérangé.

Et puisque, comme de juste, plus personne n'avait l'idée d'acheter de *nouveaux* postes de radio et de télévision, cela mit encore toute une catégorie supplémentaire de travailleurs en chômage.

Sans compter les joueurs de base-ball, les catcheurs, les opérateurs de salles de cinéma, les vendeurs de billets, les ouvreuses, tout le personnel, sans grade ou en vue, des théâtres, stades, salles de concerts et autres lieux de distractions réservés à la foule. Car placer une foule de gens dans un endroit quelconque équivalait exactement à racoler une foule de Martiens, et la « distraction » devenait telle qu'il était impossible de continuer.

Réellement, oui, l'heure était grave. Et la grande crise des années 30 commençait à apparaître rétrospectivement comme une ère de prospérité.

Oui, se disait Luke, trouver du travail serait malaisé. Il fallait s'y consacrer sans plus attendre. Il acheva de ranger ses vêtements, remarquant avec surprise la présence parmi eux de la chemise de Margie à l'emblème de l'Y.W.C.A. (pourquoi diable s'en était-il muni ?). Puis il passa un peigne dans ses cheveux, une main sur sa joue fraîchement rasée et quitta la chambre.

Premier essai à tenter : deux journaux de Long Beach. Il n'y avait pas là de grandes chances, mais il connaissait Hank Freeman, du *News*, qui pourrait lui fournir une introduction. Il alla téléphoner dans le hall. Il y avait un Martien au standard, se livrant à une entreprise de démoralisation psychique dont le but était de faire perdre la tête à la téléphoniste, ce qui ne manquait pas de réussir de temps à autre. Luke finit néanmoins par obtenir Hank.

— Allô, Hank ? Ici, Luke Devereaux. Comment va ?

— Admirablement, si tu aimes la plaisanterie. Comment te débrouilles-tu avec nos amis verts ?

— Comme tout le monde. Mais je cherche du boulot. Rien pour moi par hasard ?

— Zéro pour la question. Il y aurait de quoi tapisser les murs avec les demandes d'emploi, et toutes avec des références. Tous les types qui avaient lâché le journalisme pour la radio ou la T.V. Et toi, tu n'as jamais été dans le business, je crois ?

— J'ai livré des canards quand j'étais gosse.

— Même un boulot de ce genre, tu ne le décrocherais pas maintenant, mon vieux. Désolé, mais il n'y a pas mèche. On fait même des réductions de personnel pour diminuer les frais, et avec tous les génies qui attendent à la porte, je vais finir moi-même par me faire vider.

— Pourtant, sans radio pour leur faire concurrence, j'aurais cru que les journaux crèveraient le plafond.

— Le tirage crève le plafond. Mais ce n'est pas le tirage qui paie un canard, c'est la publicité. Et j'aime mieux te dire qu'au train où marche le commerce, elle est plutôt restreinte. Encore désolé, mon vieux.

Luke jugea inutile de téléphoner à l'autre journal.

Il sortit pour se rendre dans le quartier des affaires. Les rues étaient pleines de passants — et de Martiens. Les gens observaient un silence renfrogné, mais les voix stridentes des Martiens y remédiaient. Il y avait peu d'autos et leurs conducteurs se montraient fort prudents, les Martiens ayant la désagréable manie de couimer brusquement sur les capots, à la hauteur des ailes. La seule solution était de conduire lentement avec un pied sur le frein, au cas où la visibilité serait obturée.

Autre danger : vouloir passer *à travers* un Martien, à moins d'être certain de ce qui se trouvait derrière.

Luke en vit un exemple. Une rangée de Martiens — anormalement calmes — barrait en partie Pine Avenue à la hauteur de la 7^e^ Rue. Survint une Cadillac à trente à l'heure, mais le conducteur, avec un air féroce, accéléra subitement et braqua pour foncer droit sur eux. Ils masquaient une tranchée creusée pour poser des canalisations…

La Cadillac rebondit comme un ballon de caoutchouc, une roue avant se détacha et s'en fut rouler vers le trottoir, la tête du conducteur fut précipitée contre la vitre, et il sortit de l'auto endommagée en se répandant en flots de sang et en injures. Les Martiens hurlaient de joie.

Au carrefour suivant, Luke acheta un journal et s'installa à un stand de cirage de chaussures pour parcourir les petites annonces (ce serait son dernier luxe avant qu'il fût de nouveau en fonds).

Il chercha les OFFRES D'EMPLOI — HOMMES. À première vue, il n'y en avait pas ; puis il finit par les dénicher sur un quart de colonne. Mais cela ou rien revenait au même. Elles se répartissaient en deux uniques catégories : métiers réclamant des techniciens hautement spécialisés, et porte-à-porte avec commission sur les ventes (pas de référ. exig.) style attrape-nigauds. Luke avait tâté une seule fois de cet enfer, dans son jeune âge (et c'était alors en de meilleurs temps). Il avait juré qu'il ne recommencerait jamais, fût-ce dans la plus désespérée des situations.

Il avait peut-être fait erreur en choisissant Long Beach ? Pourquoi cet endroit, au fait ? Certainement pas parce que l'hôpital psychiatrique où travaillait son ex-femme était là… Fini, les femmes ! Pour un bon moment, en tout cas. Une courte mais fort déplaisante entrevue avec la belle Rosalind, au lendemain de son retour à Hollywood, lui avait prouvé la véracité des dires du Martien, concernant l'emploi qu'elle avait fait de sa nuit la veille. (Les ordures, ils ne mentaient jamais quand ils cancanaient ; on était forcé de les croire !)

Une erreur de choisir Long Beach ?…

Les informations de première page lui apprirent qu'en réalité tout allait mal partout. RÉDUCTIONS ÉNERGIQUES SUR LE BUDGET DE LA DÉFENSE, annonçait la Maison-Blanche. Cela engendrerait une nouvelle vague de chômage, mais le principal était de porter assistance à la population, dont de nombreux éléments étaient menacés de disette. Quant aux Russes et aux Chinois, ils avaient trop d'autres choses en tête pour avoir besoin plus longtemps, en fait, d'un budget de la Défense. Et puis, de toute façon, maintenant nous connaissions tous leurs secrets et eux tous les nôtres. Ce n'était plus ainsi que se ferait une guerre.

Luke réprima un frisson à la pensée d'une

guerre où les Martiens aideraient allégrement les deux camps…

LA CHUTE DE LA BOURSE CONTINUE, déclarait un autre article. Seules, les valeurs sur les spectacles et distractions (radio, cinéma, télévision et théâtre) amorçaient une légère remontée et atteignaient le dixième de leur cours initial, à la suite d'opérations à longue portée effectuées par des spéculateurs qui croyaient au départ des Martiens. Mais les industrielles accusaient par un effondrement les réductions sur le budget de la Défense, et tous les autres cours étaient au minimum. Les baisses les plus spectaculaires s'étaient produites la semaine d'avant.

Luke paya pour ses chaussures et partit en laissant le journal sur le siège.

Il avisa une foule d'hommes et de quelques femmes faisant la queue. C'était un bureau de placement. La queue faisait le tournant de la rue et se continuait encore. Luke envisageait presque de s'y ranger à son tour, quand un écriteau sur la vitrine l'arrêta : DROITS D'INSCRIPTION, 10 DOLLARS. Avec les centaines de postulants (tous prêts à délier les cordons de leur bourse !), le jeu n'en valait pas la chandelle.

Et si par hasard il se trouvait des bureaux de placement gratuits, il préférait ne pas songer à l'affluence qu'ils devaient connaître…

Il continua sa marche au hasard. Un peu plus loin, un grand vieillard aux yeux farouches et à la barbe grise en bataille se tenait debout sur une caisse à savon, au bord du trottoir entre deux voitures en stationnement, et haranguait les passants :

— ... Et *pourquoi,* je vous le demande, pourquoi ne profèrent-ils jamais de mensonges ? *Pourquoi* sont-ils toujours francs ? *Pourquoi ?* Je vous le dis : pour endormir notre méfiance et nous faire croire, puisqu'ils n'en prononcent pas de petits, à leur GRAND MENSONGE !

« Et quel est, mes frères, leur GRAND MENSONGE ? *C'est de dire qu'ils sont des Martiens !* Afin de nous cacher pour la damnation éternelle de nos âmes ce qu'ils sont en réalité !

« Ce ne sont pas des Martiens ! Ce sont des DÉMONS, venus du plus profond de l'enfer et envoyés par SATAN, comme il est prédit dans le livre des Révélations !

« Vous serez *damnés,* mes frères, à moins de connaître la VÉRITÉ et de prier. Priez, si vous voulez que les forces du mal se retirent de cette vallée de larmes... »

Luke, prudemment, s'éloigna.

Sans doute, pensa-t-il, tous les fanatiques religieux du monde s'en donnaient-ils ainsi à cœur joie. Et, après tout, on ne pouvait même pas affirmer qu'ils eussent tort. Il n'y avait aucune preuve que les Martiens fussent bien ce qu'ils prétendaient. Mais Luke ne croyait pas aux démons. Aussi était-il disposé à ne pas mettre en doute la parole des Martiens.

Une autre file : un autre bureau de placement.

Un gamin distribuait des prospectus. Il en tendit un à Luke qui lut : GRANDES POSSIBILITÉS DANS UNE NOUVELLE PROFESSION — DEVENEZ CONSULTANT PSYCHOLOGIQUE.

Il ne regarda pas le reste, qui était en petits caractères, et enfouit le prospectus dans sa poche. Encore une nouvelle combine frauduleuse, probablement. Elles fleurissent en période de crise comme les moustiques sur les étangs.

De nouveau une file, plus longue apparemment que les précédentes. Était-ce un bureau gratuit ? Si oui, rien ne l'empêchait de s'y inscrire, faute de démarches meilleures.

La file avançait rapidement. Luke parvint bientôt à sa tête. Était-ce bien ce qu'il pensait ?

C'était autre chose.

La file menait à l'entrée d'une soupe populaire, organisée dans une salle qui avait dû être un dancing. Des centaines de personnes étaient attablées devant des bols de soupe (des hommes en majeure partie). Des Martiens en bandes parcouraient gaiement les lieux, bondissant de table en table, jouant à saute-mouton sur les crânes des convives et trempant au passage leurs pieds dans les bols fumants (effet purement visuel).

L'odeur de la soupe, pas désagréable, rappela à Luke qu'il était midi et qu'il n'avait rien mangé depuis la veille. Pourquoi ne pas entrer ? Tout le monde semblait avoir droit à une ration.

Il s'étonna alors de voir plusieurs personnes abandonner, l'air dégoûté ou indisposé, le bol qui venait de leur être servi. « Qu'y a-t-il ? demanda-t-il à un homme qui s'en allait après avoir effectué ce geste. C'est donc si peu appétissant ? Ça ne sent pas mauvais pourtant.

— Allez donc y voir, mon vieux », proféra l'homme en se hâtant vers la sortie.

Luke s'approcha. Il y avait un Martien assis au milieu de la marmite de soupe. À intervalles réguliers, il se penchait en avant et lapait le liquide à grands coups d'une langue démesurément longue et vert chartreuse. Puis il laissait pendre sa langue en faisant mine de tout recracher, accompagnant l'opération d'un bruit absolument répugnant.

L'homme qui servait la soupe ne lui prêtait pas attention et plongeait sa louche à travers lui. Parmi les gens qui acceptaient leur bol, certains ne s'en préoccupaient pas non plus (sans doute des habitués), d'autres gardaient leurs yeux soigneusement baissés.

Luke ne resta pas. Il savait parfaitement que la présence du Martien n'avait aucun effet sur la soupe, mais il ne se sentait pas assez affamé pour passer là-dessus — tant du moins que durerait son argent.

Il déjeuna d'un hamburger et d'une tasse de café dans un snack miraculeusement vide de Martiens (ainsi que de clients). Il finissait sa tasse quand le garçon, un grand blond dans les vingt ans, lui proposa :

— Un morceau de tarte ?

— Euh… ma foi, non.

— C'est de la tarte aux mirabelles. Aux frais de la maison.

— Dans ces conditions, certainement. En quel honneur ?

— On ferme ce soir. On a plus de pâtisserie qu'on n'en vendra. Alors, hein ?…

Il poussa une assiette et une fourchette en direction de Luke.

— Merci, dit celui-ci. Les affaires vont si mal ?

Le garçon soupira :

— Mal ? Mon vieux, c'est la catastrophe.

## III

Oui, sans aucun doute, la catastrophe régnait. Et nulle part davantage que dans le double domaine des infractions à la loi et de leur répression. À première vue, on aurait cru que, si les flics en voyaient de dures, ce ne pouvait être le cas des délinquants, et vice versa. Mais il n'en allait pas du tout ainsi.

Les flics en voyaient de dures parce que les crimes passionnels et les actes de violence étaient en pleine recrudescence. La résistance nerveuse des gens s'amenuisait déjà. Puisqu'il était superflu de se battre avec les Martiens, ils se battaient donc entre eux. Dans les rues comme dans les foyers, on en venait aux mains pour un oui ou pour un non. Les meurtres sous l'empire de la colère ou d'un coup de folie se multipliaient. On allait bientôt refuser du monde dans les prisons.

Mais si la police était survoltée, ce n'était pas le cas des délinquants professionnels, qui se trouvaient à bout de ressources. Les délits prémédités ayant pour mobile l'intérêt diminuaient à vue d'œil.

C'est que les Martiens étaient tellement rapporteurs !

Prenons un exemple typique au hasard : ce qui arrivait à Alf Billings, pickpocket londonien, au moment précis où Luke Devereaux déjeunait à Long Beach. À Londres, c'était le début de la soirée. Mais laissons Alf raconter la chose lui-même.

À vous, Alf.

« J'étais désempatouillé de droguet, après un marquet de chtibe, et je décarrais d'un tapis où j'avais tout juste pu douiller un glass de pive. Maintenant, j'avais plus un lidrème en valade. Mais ch'uis vergeau. Subito, je vise un pante à l'autre loubé du parc à turf, l'air urpino, bagottant devant mézigue. Je gamberge aussi sec de le vaguer. Je gaffe en lousdé ; nib de flic icigo. Y a bien un Larsiémic sur un couvercle de chignole, à proxime, mais je conobrais pas encore lerche sur ces nières-là. Et fallait bien que je me mouille si je voulais, ce borgnon, me glisser dans les bannes. Alors je m'approche du cavestro et je lui fourline le morlingue… »

Un instant, Alf. Il vaudrait peut-être mieux que ce soit *moi* qui raconte…

Donc, voilà le petit Alf Billings, frais libéré d'un mois de prison, sortant d'un café après y avoir abandonné ses derniers sous pour un verre de vin. Aussi, avisant à l'autre bout de la rue un quidam à l'air prospère, qui marchait devant lui, sa première pensée fut tout naturellement de lui faire les poches. Il regarda aux alentours ; pas de policeman en vue. Il y avait bien un Martien sur le toit d'une voiture non loin de là, mais Alf n'avait pas encore beaucoup entendu parler des Martiens. Et puis, de toute façon, il fallait qu'il coure le risque, sinon il se passerait de lit cette nuit.

Donc, il se rapprocha de l'homme et le soulagea discrètement de son portefeuille.

C'est ce qu'Alf vous a déjà dit, mais j'ai jugé préférable de le répéter. Et maintenant je continue.

Tout d'un coup, le Martien fut à côté de lui sur le trottoir, montrant du doigt le portefeuille qu'il avait encore en main et psalmodiant avec ravissement : « Hou-le-voleur !… Hou-le-voleur !… »

— Ferme-la, sale punaise, grogna Alf en enfouissant précipitamment le portefeuille dans sa poche et en s'éloignant d'une allure dégagée.

Mais le Martien ne la ferma pas. Au contraire, il emboîta le pas à l'infortuné Alf tout en poursuivant ses litanies ravies. Se retournant rapidement, Alf vit sa victime se fouiller, puis se mettre à leur poursuite.

Alf prit ses jambes à son cou. Et, au plus proche tournant de rue, il se précipita dans les bras accueillants d'un agent en faction.

Vous voyez le tableau.

Ce n'était pas que les Martiens eussent une hostilité particulière envers les gens en marge de la loi ; ils étaient contre tout le monde. Mais ils adoraient tellement semer le trouble ! Quelle meilleure occasion en l'occurrence que de prendre un délinquant sur le vif ?

À noter d'ailleurs que, une fois faite l'arrestation, ils étaient tout aussi assidus à mettre des bâtons dans les roues de la police. Au tribunal, ils plongeaient juges, avocats, témoins et jurés dans un tel état de distraction que la plupart des procès tournaient au guignol et avortaient. La Justice eût dû être aveugle et sourde pour les ignorer.

## IV

— Fameuse, cette tarte, fit Luke en reposant sa fourchette. Encore merci.

— Une autre tasse de café ?

— Non, vraiment. J'en ai bu suffisamment.

— Rien d'autre ?

Luke eut un sourire sans joie

— Si, du travail.

Le garçon fit claquer ses doigts.

— Tiens, c'est une idée ! Je peux vous en proposer un pour la demi-journée qui vient… Ça vous irait ?

Luke le regarda les yeux ronds.

— Et comment ! Ce n'est pas une blague ?

— Pas du tout. Vous commencez tout de suite.

Le garçon sortit de derrière le comptoir, défit son tablier blanc et le tendit à Luke :

— Tenez, enlevez votre manteau et mettez ça.

— Hé là ! fit Luke. Où allez-vous ? Que faites-vous ?

— Je me tire, voilà ce que je fais. Je pars à la campagne.

Devant l'expression de Luke, il sourit :

— Je ne vous la fais pas. Je rentre chez moi. Mon vieux et ma vieille ont une petite ferme, dans le Missouri. C'est de là que je suis venu, il y a deux ans. Je m'y faisais suer. Mais maintenant, avec tout ce qui arrive… eh bien, ça me plairait pas mal d'y retourner !

Ses yeux brillaient, perdus dans le vague, et son accent natal venait de reparaître dans sa voix.

— Riche idée, déclara Luke. Au moins, vous boufferez. Et puis, il y aura moins de Martiens qu'en ville. Ils n'aiment pas se mettre au vert !…

Il attendit l'effet de son astuce… Elle n'en eut pas.

— Je m'étais mis en tête de partir dès qu'on fermerait, continua le garçon. Depuis ce matin, je ne tenais plus en place… j'avais promis au patron de laisser ouvert jusqu'à cinq heures. Mais, puisque vous êtes là, ça revient au même, hein ?

— Je n'ai pas l'impression. Qui va me payer ?

— Moi ! J'ai dix dollars par jour en plus des pourboires et j'ai été payé jusqu'à hier. J'en prends dix pour aujourd'hui dans la caisse en laissant un mot. Cinq pour vous, cinq pour moi.

— Je marche, dit Luke en enlevant son manteau. Pas d'instructions à me donner ?

— Rien. Les prix sont affichés. Tout ce qui n'est pas en vue est dans le réfrigérateur. Tenez, voilà vos cinq dollars et ma reconnaissance éternelle.

— Bon voyage !

Et ils échangèrent des effusions. Puis le garçon s'en alla, en chantant d'une voix sonore une chanson du terroir.

Luke fit le tour du propriétaire. Le plat le plus

compliqué qu'il aurait à préparer semblait être des œufs au jambon. Et il avait une longue expérience derrière lui, comme tout écrivain célibataire qui n'aime pas interrompre son travail pour sortir manger.

Après tout, la place était bonne. Il souhaitait que le patron changeât ses intentions de fermeture. Dix dollars par jour et nourri : il aurait pu tenir longtemps ainsi, et même occuper ses soirées à écrire.

Hélas ! la suite de la journée lui fit comprendre les vues du patron. Le rythme des clients était d'environ un toutes les heures et tous ne dépensaient que le minimum. Pas besoin d'être un économiste pour se rendre compte que les recettes ne couvraient pas les frais d'achat des denrées plus les frais généraux (même si ces derniers se bornaient à l'emploi d'un seul serveur).

Des Martiens couimaient parfois jusque-là, puis s'en allaient en voyant qu'il n'y avait pas de clients à embêter : cela ne valait pas le coup.

Peu avant cinq heures, Luke décida de faire des économies en dînant sur place, bien qu'il n'eût pas terriblement faim. Il se prépara des sandwiches et en mangea, puis il enveloppa ceux qui restaient pour les mettre dans la poche de son manteau. Ce faisant, ses doigts rencontrèrent un papier froissé. Le prospectus qu'on lui avait donné le matin. Il le lut en buvant une ultime tasse de café.

SEUL REMÈDE CONTRE LA CRISE
UNE PROFESSION NOUVELLE

Et en plus petit :

*Devenez consultant psychologique.*

Aucun titre n'était en très grosses lettres ; et le texte était composé en bodoni 10 plein. Cela donnait au prospectus une allure agréablement conservatrice.

*Êtes-vous intelligent, avec bonnes présentation et éducation, et sans travail ?* interrogeait le prospectus. Luke opina presque du chef avant de poursuivre sa lecture.

*Si oui, voici l'occasion pour vous d'aider vos semblables et vous-même en devenant consultant psychologique, et en conseillant les gens pour sauvegarder leur calme et leur santé mentale en dépit des Martiens, quelle que doive être la durée de leur séjour.*

*Si vous êtes qualifié — et notamment si vous possédez déjà des connaissances en matière de psychologie —, quelques leçons vous donneront le savoir et le discernement suffisants pour résister à l'attaque concertée que les Martiens ont lancée contre la raison humaine.*

*Les cours seront limités à une audience de sept élèves, pour permettre la libre discussion et les demandes de questions. Votre professeur sera le soussigné, diplômé d'études de sciences (Ohio State, 1953), docteur en psychologie (U.S.C., 1958), membre actif de l'Association des psychologues américains, psychologue industriel à la Convair Corporation, auteur de plusieurs monographies et d'un important ouvrage :* Vos Nerfs et Vous *(Dutton, 1962).*

RALPH S. FORBES, PS. D.

Suivait un numéro de téléphone.

Luke relut le prospectus avant de le remettre dans sa poche. Cela n'avait pas l'air d'une combine douteuse — pas si le type en question possédait réellement ces titres.

Et l'idée n'était pas illogique. *Effectivement*, les gens allaient avoir besoin d'aide, et copieusement ; ils lâchaient les pédales à grande envergure. Si ce Forbes avait réellement trouvé un moyen…

Il regarda l'horloge : 5 h 10. Que faisait le patron du snack ? Il se demandait s'il allait vider les lieux sans attendre quand la porte s'ouvrit. L'homme trapu considéra Luke.

— Où est mon serveur ?

— En route vers ses pénates.

Luke expliqua la situation. Le propriétaire acquiesça et alla voir à la caisse le chiffre d'affaires de la journée. Il se retourna vers Luke, le ruban de papier en main.

— C'est si minable que ça ? grogna-t-il. Ou bien est-ce que vous vous êtes sucré ?

— Je me serais peut-être sucré si j'avais encaissé au moins plus de dix dollars ! C'est mon tarif minimum pour renoncer à mes principes.

— Ça va, je vous crois, soupira le patron. Vous avez dîné ?

— J'ai mangé des sandwiches et j'en ai quelques autres dans mon manteau.

— Prenez-en encore. Je ferme… à quoi bon

perdre une soirée ? Et il reste plus de choses que ma femme et moi ne pourrons en consommer.

— Merci. Autant que j'en profite.

Et Luke partit avec de quoi manger toute la journée du lendemain.

De retour dans sa chambre, il enferma ses provisions dans une de ses valises (en éventuelle prévision des souris et des cafards... sait-on jamais, dans ces meublés miteux ?). Puis il sortit le prospectus de sa poche pour le lire une fois de plus. Subitement, un Martien fut sur son épaule, le lisant avec lui. Le Martien termina le premier, éclata d'un rire homérique et se volatilisa...

Pas idiot, ce prospectus. Cela valait au moins la peine de risquer cinq dollars sur une leçon. Luke explora son portefeuille : sa fortune se montait à soixante et un dollars, cinq de plus que ce matin, grâce à ce coup de veine du snack, sans compter l'économie de deux jours sur les dépenses alimentaires.

Ces cinq dollars pouvaient être un bon placement et une source de revenus. À défaut, il recevrait en tout cas des conseils certainement utiles sur le moyen de conserver son self-control en face des Martiens. Peut-être même cela lui permettrait-il de se remettre à écrire.

Avant d'avoir eu le temps de changer d'avis, il était au téléphone.

Le Dr Forbes avait une voix sonore et calme. Luke se nomma et continua :

— J'ai lu votre prospectus, docteur, et il m'a intéressé. Je voudrais vous demander quand vous donnez votre prochain cours et s'il reste des places libres.

— Je n'en ai pas encore donné, Mr. Devereaux. J'ai un premier groupe ce soir à sept heures, dans une heure. Et un autre demain à deux heures de l'après-midi. Aucun groupe n'est encore complet, c'est donc à votre choix.

— Le plus tôt sera le mieux. Disons ce soir. Chez vous ?

— Non, j'ai loué un petit bureau : chambre 614 dans le building Draeger, Pine Avenue. Pouvons-nous parler un instant avant de raccrocher ?

— Je vous en prie.

— Merci. J'espère que vous ne vous en formaliserez pas : avant de vous inscrire, j'aimerais quelques renseignements sur vos antécédents. Je le répète, Mr. Devereaux, je ne monte pas une… combine. J'en espère une rémunération, bien sûr, mais je cherche aussi à aider les gens, et bon nombre vont en avoir besoin, plus qu'il ne me sera possible d'en traiter à moi seul. C'est pourquoi j'ai choisi de former des élèves.

— Je vois. Vous cherchez des disciples pour faire des apôtres.

— Bien dit, fit en riant le psychologue. Mais, attention, je ne me considère pas comme un messie. J'ai simplement une foi suffisante en mes humbles possibilités pour tenir à sélectionner avec soin ces disciples. Donnant des cours à des groupes aussi restreints, je veux être sûr de borner mes efforts aux personnes qui…

— Je comprends parfaitement. Je suis prêt à vous répondre.

— Avez-vous fait des études secondaires, ou leur équivalent ?

— Deux ans seulement, mais je revendique l'équivalent, bien que ma formation ait été non spécialisée. J'ai dévoré des livres tout au long de ma vie.

— Ce qui représente combien de temps, si ce n'est pas indiscret ?

— Trente-sept ans. Enfin, je veux dire que j'en ai trente-sept. Mais je n'ai pas lu exactement *tout* ce temps-là...

— Avez-vous lu beaucoup d'ouvrages de psychologie ?

— Assez peu. Surtout des vulgarisations.

— Et puis-je vous demander quelle a été votre principale occupation ?

— Écrire des romans.

— Réellement ? De la science-fiction, peut-être ? Seriez-vous par hasard *Luke* Devereaux ?

Luke sentit la vague de fierté de l'écrivain dont le nom a été reconnu.

— C'est moi. Mais ne me dites pas que vous lisez la science-fiction.

— Mais si, et j'en suis fervent. Du moins je l'étais jusqu'à ces deux dernières semaines. Je ne vois pas très bien comment on pourrait être d'humeur à en lire maintenant... Au fait, le marché a dû s'effondrer pour vous ? Est-ce pourquoi vous cherchez une nouvelle... euh... profession ?

— À vrai dire, j'étais déjà en crise d'inspiration avant la venue des Martiens, mais ils n'ont rien arrangé. Et pour ce qui est du marché de la science-fiction, cela dépasse encore vos dires : il est mort et enterré, et j'ai bien l'impression qu'il ne s'en relèvera jamais, même si les Martiens partent un jour.

— Soyez certain, Mr. Devereaux, que je suis navré de la mauvaise passe que vous avez traversée. Inutile d'ajouter que je suis fort heureux de vous avoir comme élève. Je ne vous aurais posé aucune question si j'avais connu plus tôt votre identité. Je vous vois donc ce soir ?

— Entendu.

Les questions du psychologue, en fait, n'avaient pas été inutiles, pensa Luke. Elles l'avaient convaincu de son intégrité.

Mieux : maintenant, il *croyait* en Forbes. Il croyait à la possibilité d'acquérir les bases de cette profession nouvelle encore dans les limbes. Et il était prêt à prendre autant de leçons que cela s'avérerait nécessaire, même si le chiffre du prospectus (2 ou 3) était sous-estimé. S'il se trouvait à court, nul doute que Forbes, l'admirant comme écrivain, ne consentît à lui faire crédit pour les dernières leçons.

Et durant les heures creuses, il étudierait la psychologie dans les livres de la bibliothèque publique. Il lisait vite et assimilait de même ; donc, autant ne pas faire les choses à moitié et acquérir en la matière tout le savoir possible sans titre pour le ratifier. Et peut-être même un jour… qui sait ? Il était jeune encore, bon Dieu ! Il ne serait pas trop tard pour abandonner la littérature et débuter dans une autre branche.

Il prit une douche rapide et se rasa. Il s'entaillait légèrement la joue lorsque retentit à son oreille, en pleine opération, un rire gras et réjoui ; il n'y avait pas de Martien la seconde d'avant. La blessure n'était pas grave et son crayon styptique arrêta sans peine le sang. Il se demanda si un psychologue averti pouvait acquérir le conditionnement propre à éviter des réflexes de ce genre. Forbes savait peut-être la réponse. Sinon, la solution du problème serait un rasoir électrique... Réflexion faite, il s'en achèterait un dès qu'il en aurait les moyens.

Il tenait à compléter par son aspect la bonne impression première, aussi endossa-t-il son meilleur costume, une chemise propre et une cravate digne. Il partit en sifflant un air et marcha dans la rue d'un pas conquérant, se sentant à un nœud de son existence, au début d'une ère nouvelle. Même le non-fonctionnement des ascenseurs dans le building Draeger ne le démoralisa pas ; gravir les étages lui donna des ailes.

Il fut reçu par un homme grand et mince, en complet gris, avec des lunettes d'écaille, qui lui tendit la main en s'informant :

— Mr. Luke Devereaux ?

— C'est exact, docteur Forbes. Comment m'avez-vous reconnu ?

Forbes eut un sourire.

— En partie par élimination — tous les autres élèves sauf un sont présents. Et en partie parce que j'avais déjà vu votre photo sur la couverture d'un livre.

Luke tourna la tête. Quatre personnes occupaient déjà la pièce où il venait d'entrer : deux hommes et deux femmes, bien vêtus, l'air intelligent et aimable. *Cinq* en réalité. Il y avait un Martien assis jambes croisées sur le bureau de Forbes, oisif et la mine ennuyée. Forbes présenta Luke à tout le monde, sauf au Martien. Les hommes s'appelaient Kendall et Brent ; les femmes étaient une Miss Kowalski et une Mrs. Johnston.

— Je vous présenterais également à notre ami martien s'il possédait un nom, ajouta Forbes d'un ton enjoué. Mais ils nous l'ont dit eux-mêmes, ils n'utilisent pas de noms.

— Va te faire f... Toto, fit le Martien.

Luke s'assit avec les autres et Forbes regagna son bureau en regardant sa montre :

— Sept heures juste, mais nous pouvons peut-être attendre quelques minutes l'arrivée du dernier membre de notre groupe ?

Tous acquiescèrent et Miss Kowalski suggéra qu'on employât ce moment à régler les frais de la leçon.

Cinq billets de cinq dollars passèrent jusqu'à Forbes qui les aligna sur le bureau :

— Je vous remercie. Quiconque ne sera pas satisfait à la fin de la leçon pourra reprendre son argent s'il le désire... Ah ! Voici sans doute notre dernier membre. Mr. Gresham ?

Mr. Gresham était un quinquagénaire chauve dont le visage sembla vaguement familier à Luke, sans qu'il pût préciser cette impression. Avant de s'asseoir à son côté, il ajouta son billet à ceux qui étaient exposés. Puis se penchant vers Luke, à qui il avait été présenté comme aux autres :

— Nous ne nous sommes pas déjà rencontrés quelque part ? murmura-t-il.

— J'ai la même impression. Il faudra que nous en parlions... Attendez ! Je crois que...

— *Silence*, s'il vous plaît !

Luke s'interrompit comme un écolier pris en faute et il se remit droit sur sa chaise. Puis il rougit en s'apercevant que ce n'était pas Forbes qui avait parlé... mais le Martien. Celui-ci lui décocha un sourire radieux.

Forbes sourit également et prit la parole :

— Je crois qu'avant tout il faut que vous sachiez bien une chose : il vous sera impossible de jamais ignorer les Martiens totalement — surtout si leurs paroles ou leurs actions sont inattendues. Ce point ne devrait venir en principe qu'en conclusion, mais il n'est pas inutile de l'établir dès le départ.

« La situation est donc la suivante : votre existence, vos pensées et votre raison seront moins affectées par eux si vous choisissez le moyen terme entre essayer de les ignorer complètement et leur accorder trop d'importance.

« La première solution, feindre de croire qu'ils ne sont pas là, est une forme de rejet de la réalité qui peut mener droit à la schizophrénie et la paranoïa. La seconde, elle, est capable d'engendrer aussi bien la dépression nerveuse que la crise d'apoplexie. »

« Judicieux », pensa Luke.

À ce moment, le Martien sur le coin du bureau émit un bâillement puissant.

Un second Martien couima brusquement sous le nez de Forbes, qui ne put se défendre d'un imperceptible sursaut. Par-dessus la tête du Martien, il sourit vaillamment à la classe.

Il rabaissa son regard vers ses notes. Le nouveau Martien était assis dessus. Passant la main à travers le Martien, il les tira de côté. Le Martien se déplaça avec.

Forbes soupira et s'adressa à la classe :

— Eh bien, il semble que nous allions devoir nous passer de notes. Leur sens de l'humour est terriblement puéril.

Il se pencha de côté pour mieux voir par-delà le Martien. Celui-ci se pencha de même. Forbes se redressa, le Martien aussi.

— Comme je le disais, reprit Forbes, leur sens de l'humour est *terriblement* puéril. Ce qui me donne l'occasion de vous apprendre que c'est en étudiant les enfants et leurs réactions envers les Martiens que je suis parvenu à mes théories. Tous, vous avez pu remarquer que, passé la première panique, les enfants se sont beaucoup mieux accoutumés que les adultes à leur présence. Plus particulièrement les enfants de moins de cinq ans. J'en ai deux moi-même et…

— Trois, Toto, intervint le Martien sur le coin du bureau. J'ai vu le récépissé des deux mille briques que tu as collées à cette mignonne, à Gardena, pour qu'elle n'intente pas une action en paternité.

Forbes s'empourpra.

— J'ai deux enfants *chez moi*, dit-il fermement, et…

— Et une femme alcoolique, compléta le Martien. N'oublie pas de la citer, elle.

Forbes, les yeux fermés, garda le silence, comme s'il comptait mentalement.

— Le système nerveux des enfants, entama-t-il de nouveau, ainsi que je l'ai expliqué dans *Vos Nerfs et Vous*, le populaire ouvrage que j'ai...

— Pas si populaire que ça, Toto. D'après ton relevé de droits d'auteur, il y a eu moins de mille exemplaires vendus.

— Je voulais dire : écrit dans un style populaire.

— Ah ? Pourquoi ne s'est-il pas vendu, alors ?

— Parce que les gens ne l'ont pas acheté ! jeta Forbes avec aigreur. (Il sourit à la classe.) Excusez-moi. Je n'aurais pas dû me laisser entraîner dans cette discussion stérile. S'ils posent des questions ridicules, souvenez-vous de la règle : il ne faut pas leur répondre.

Tout d'un coup, le Martien qui était sur ses notes couima pour se retrouver assis sur sa tête, et il agita ses jambes ballantes en lui bouchant la vue par intervalles.

Forbes regarda les notes maintenant visibles — épisodiquement.

— Ah... je vois ici une remarque à vous rappeler. Je vais vous la lire pendant que cela m'est possible. Dans vos rapports avec les personnes que vous aurez à aider, vous devrez observer une franchise absolue...

— Pourquoi ne pas l'observer toi le premier, Toto ? demanda le Martien sur le coin du bureau.

— ... ne rien revendiquer qui ne soit justifié, et...

— Comme ce que tu as fait dans cette circulaire, hein, Toto ? Tu oublies de dire que les « monographies » dont tu parles n'ont jamais été publiées.

Le visage de Forbes vira au violet derrière les

deux jambes vertes en mouvement. Se dressant lentement de son fauteuil, il agrippa le bord du bureau.

— Je… euh… bredouilla-t-il.

— Et si tu leur disais aussi, Toto, que tu étais seulement *assistant* psychologue à Convair, et pourquoi ils t'ont vidé ?

Et le Martien du coin du bureau mit ses pouces dans ses oreilles, secoua ses autres doigts et éclata d'un rire grasseyant et populacier.

Forbes s'élança le poing levé… puis poussa un hurlement de douleur en venant cogner la lourde lampe de métal que le Martien dissimulait.

Il ramena à lui sa main meurtrie et l'examina d'un air hébété à travers les jambes remuantes du second Martien. Puis soudain, il n'y eut plus de Martiens dans la pièce.

Forbes, blême désormais, se rassit lentement et fixa d'un œil atone les six personnes assises devant lui, comme s'il se demandait la raison de leur présence. Il se passa la main devant la figure, comme pour en chasser quelque chose qui n'y était plus. Il déclara : « En ce qui concerne nos rapports avec les Martiens, il importe de se rappeler… » Puis il s'effondra la tête dans ses bras sur le bureau, en sanglotant.

La femme assise près du bureau — Mrs. Johnston — se leva et posa une main sur son épaule :

— Mr. Forbes… Mr. Forbes, vous vous sentez bien ?

Il n'y eut d'autre réponse que les sanglots.

Tous les autres se levaient. Mrs. Johnston se tourna vers eux :

— Je pense que nous ferions mieux de partir, et… (elle ramassa les six billets de banque)… je suppose que ceci nous revient.

Elle les distribua à la ronde et en garda un. Puis tout le monde s'en alla (certains sur la pointe des pieds) sauf Luke et son voisin, Mr. Gresham, qui lui avait murmuré : « Restons. Il a peut-être besoin d'aide. »

Ils allèrent à Forbes, lui soulevèrent la tête et le remirent droit dans son fauteuil. Les yeux étaient ouverts mais les regardaient sans les voir.

— Il a eu un choc, dit Gresham. *Peut-être* qu'il s'en remettra, mais… (Sa voix était dubitative.) Vous croyez qu'il faut aller chercher les morticoles ?

— Il a l'air de s'être cassé quelque chose à la main. On peut toujours téléphoner à un médecin. Il avisera lui-même…

— Pas besoin de téléphoner. Il y en a un qui a son cabinet dans l'immeuble. Je l'ai vu en venant, il y avait encore de la lumière.

Ils laissèrent le médecin dans le bureau de Forbes, après lui avoir donné des explications et confié la responsabilité de la conduite à suivre.

— C'était un type bien, tant qu'il tenait le coup, dit Luke en descendant.

— Et il avait une idée bien, tant qu'elle tenait le coup.

— Ouais. Et je me sens dans le trente-sixième dessous. À propos, nous n'avons toujours pas trouvé où nous nous sommes vus ?

— À la Paramount, peut-être ? J'y travaillais depuis six ans quand ils ont fermé il y a quinze jours.

— J'y suis ! Vous collaboriez aux découpages. Moi, j'y ai fait des scripts il y a deux ans. J'ai abandonné parce que ce n'était pas ma partie. Je suis écrivain, pas scénariste.

— C'est bien ça. Dites, Devereaux…

— Luke. Et vous… Steve, n'est-ce pas ?

— En effet. Eh bien, Luke, je me sens dans le trente-sixième dessous moi aussi. Et j'ai un projet très précis pour utiliser les cinq dollars que je viens de récupérer…

— J'ai justement le même. Une fois ravitaillés, on va chez vous ou chez moi ?

Ils optèrent pour la chambre de Luke, car Steve demeurait avec sa sœur et son beau-frère ; il y avait des enfants et autres désavantages.

Verre après verre, ils noyèrent de concert leurs idées noires. Luke s'avéra posséder la plus grande capacité. Peu après minuit, Gresham était ivre mort ; Luke était encore en activité, quoique de façon légèrement sporadique.

Il essaya inutilement de réveiller Gresham, puis s'assit pour boire seul avec ses pensées. Il aurait préféré parler ; il souhaita presque qu'un Martien se montrât. Et il n'était pas assez fou ni ivre pour parler tout seul. « Pas encore », prononça-t-il à haute voix — ce qui eut pour effet de lui clouer la bouche.

Il songea au pauvre Forbes, que Gresham et lui avaient laissé tomber. Ils auraient pu attendre pour connaître au moins le diagnostic du docteur, savoir si le cas était guérissable ou non.

Il pourrait téléphoner au docteur. Oui, seulement il avait oublié son nom.

Appeler l'hôpital psychiatrique pour savoir si Forbes y avait été interné ? Margie pourrait le renseigner, puisqu'elle y travaillait. Mais il n'avait pas envie de lui parler. Si, il en avait envie… Et puis non ! Ils avaient divorcé, qu'elle aille se faire voir elle et toutes ses congénères !

Il n'en descendit pas moins dans le hall vers le téléphone. Il ne titubait que légèrement, mais dut fermer un œil pour lire le numéro dans l'annuaire et le former sur le cadran.

Il demanda Margie.

— Quel nom, s'il vous plaît ?

— Euh… (L'espace d'une seconde, il eut un trou et ne put se rappeler son nom de jeune fille. Puis il le retrouva, mais pensa qu'elle ne l'avait sans doute pas repris, l'arrêté de divorce n'étant pas encore officiel.)

— Margie Devereaux, reprit-il. Infirmière.

— Un instant, je vous prie.

Au bout d'un moment, la voix de Margie :

— Allô ?

— 'soir, Margie. Luke. T'ai tirée du lit ?

— Non, non, je suis de service de nuit. Mais je suis heureuse de t'entendre, Luke. Je m'inquiétais pour toi.

— Pour *moi* ? J'suis en pleine forme ! Pourquoi que tu t'inquiétais ?

— Eh bien… les Martiens. Il y a tellement de gens qui sont… Enfin, je m'inquiétais, voilà tout.

— Ah ! tu te disais que je déménageais, hein ? T'en fais pas, ma douce, ils peuvent pas m'avoir, *moi*. J'écris de la science-fiction, t'souviens ? Enfin, j'en écrivais, quoi. Eh ben, les Martiens, c'est *moi* qui les ai inventés.

— Tu te sens bien, Luke ? Tu m'as l'air d'avoir sérieusement bu.

— Sûr que j'ai bu. Et je me sens bien. Et toi ?

— Bien aussi. Mais débordée. Une vraie... eh bien, oui, au fait, une vraie maison de fous ! Je ne peux pas rester longtemps au bout du fil. Tu as besoin de quelque chose ?

— B'soin de rien, ma choute. Je vais au poil.

— Alors, il faut que je raccroche. Mais j'aimerais te parler, Luke. Tu me téléphones demain après-midi ?

— D'accord, chou. Quelle heure ?

— N'importe quelle heure passé midi. Au revoir, Luke.

— 'voir, chou.

Une fois revenu à son verre, il se rappela le motif de son appel. Il avait oublié de parler à Margie de Forbes. Et puis tant pis, au diable Forbes ! De toute façon, il ne pourrait rien changer à son sort, quel que fût celui-ci.

Bizarre, que Margie eût été si amicale. Surtout en le reconnaissant en état d'ivresse. Elle était toujours folle de rage quand il se cuitait.

Elle avait vraiment dû s'inquiéter à son sujet... Mais pourquoi ?

Et alors il se souvint. Elle l'avait toujours soupçonné de n'avoir pas le mental très stable. La psychanalyse à laquelle elle avait voulu qu'il se fît soumettre... Alors, forcément, elle s'était dit que maintenant...

Si c'était *ça* qu'elle pensait, elle se mettait le

doigt dans l'œil. Il serait bien le *dernier* à se laisser abattre par les Martiens.

En signe de défi à Margie et aux Martiens, il se versa encore un verre. Il allait leur faire voir.

Il y avait justement un Martien dans la chambre, maintenant.

Luke éleva vers lui un doigt incertain :

— Vous ne me ficherez pas en bas… Je vous ai *inventés…*

— Tu y es déjà, en bas, Toto. Tu es saoul comme une grive.

Le Martien regarda avec répugnance Luke, puis Gresham qui ronflait sur le divan. Décidant sans doute qu'aucun d'eux ne valait la peine d'être ennuyé, il disparut.

— Là, c'est bien ce que je disais, proféra Luke.

Il but encore une gorgée, puis n'eut que le temps de reposer son verre : son menton roula sur sa poitrine et il s'endormit.

Il rêva de Margie. Tantôt il se disputait avec elle et tantôt… mais même avec les Martiens dans les parages, les rêves restaient chose privée.

## V

Cependant, le Rideau de fer était secoué comme une fragile feuille d'arbre dans un tremblement de terre.

Les dirigeants du peuple rencontraient en effet une opposition interne contre laquelle aucune épuration, aucune intimidation n'était susceptible d'agir.

Non seulement ils ne pouvaient en rejeter la responsabilité sur le dos des capitalistes fauteurs de guerre, mais ils découvrirent même bientôt que les Martiens étaient *pires* que lesdits capitalistes fauteurs de guerre.

Non contents de n'être pas marxistes, ils n'admettaient pas la moindre philosophie politique, quelle qu'elle fût, et crachaient sur toutes avec la même hilarité. Même réaction à l'égard de toutes les formes de gouvernement, aussi bien théoriques que mises en pratique. Ils prétendaient avoir, eux, le système gouvernemental parfait, mais refusaient d'en dire une seule chose — sinon que cela n'était pas nos oignons.

Ils n'étaient pas des missionnaires ; aucun désir

chez eux de nous venir en aide. Leur seul but : tout savoir sur tout et se montrer aussi intolérables que possible.

Le résultat, derrière le Rideau ébranlé, fut merveilleux.

Impossibilité absolue de bourrer le crâne à l'opinion ! Les Martiens s'intéressaient tellement à la propagande...

Impossible en fait pour n'importe qui de dire quoi que ce fût. Les Martiens étaient trop bavards. Nul ne sut jamais le nombre des exécutions sommaires dans les pays communistes durant les premiers mois. Paysans, directeurs d'usines, généraux, membres du Politburo... une hécatombe.

Au bout d'un temps, d'ailleurs, la situation s'adoucit. Il le fallait bien. On ne peut pas tuer tout le monde, pour la bonne raison qu'à ce moment-là les capitalistes fauteurs de guerre n'auraient plus eu qu'à venir envahir le pays. On ne peut pas non plus expédier tout le monde en Sibérie : où mettrait-on les gens ?

L'ère des concessions était inévitable. Menus délits d'opinion et déviations mineures de la ligne du parti furent tolérés, sinon même approuvés. Triste, triste chose...

Mais le pire de tout, c'était la mort de la propagande, même sur le plan national. Les faits, les chiffres, dans les journaux comme dans les discours, devaient être *exacts*. Les Martiens se faisaient un plaisir de souligner à grand renfort de publicité le plus léger coup de pouce donné à la réalité.

Je vous le demande un peu, comment voulez-vous mener la barque d'un gouvernement dans de telles conditions ?

# VI

Mais les capitalistes fauteurs de guerre avaient eux aussi leurs tracas. Qui n'avait les siens ? Prenons le cas de Ralph Blaise Wendell. Né avec le siècle et donc âgé maintenant de soixante-quatre ans. Grand mais tendant à se voûter, mince, cheveux gris clairsemés, paupières lasses. Il avait eu la malchance (qui n'en semblait pas une, à l'époque) d'être élu président des États-Unis en 1960.

Et désormais, jusqu'à sa libération aux élections de novembre, il était le chef d'État d'un pays peuplé de cent quatre-vingts millions d'habitants — et de soixante millions de Martiens.

Ce jour-là — une soirée du début de mai, six semaines après l'Arrivée — il se trouvait assis, seul et méditatif, dans son vaste bureau.

Pas de Martien en vue. Cela n'avait rien d'extraordinaire. Les Martiens hantaient rarement les personnes seules, et ne s'attaquaient pas plus aux présidents et aux dictateurs qu'aux employés de bureau et aux gardiennes d'enfants. Leur irrespect s'étendait semblablement à quiconque.

Donc, il se trouvait seul, au moins pour un

moment. Sa journée de travail était finie, mais il lui répugnait de faire le geste de se lever. Ou peut-être était-il trop fatigué, de cette lassitude spéciale née de deux sentiments combinés : conscience de votre responsabilité en même temps que de votre incapacité. Il portait le poids de la défaite.

Amèrement, il revit en esprit les six semaines passées et le gâchis qu'elles avaient amené : une crise engendrée par le chômage subit et simultané de millions de travailleurs ! Qui eût cru que tant de personnes tiraient leur subsistance d'une façon ou d'une autre, directement ou indirectement, des industries du spectacle, des sports, des amusements publics ?

Ensuite, la chute à zéro des valeurs touchées par ce chômage, et partant de la Bourse tout entière. Et la montée en flèche — jusqu'à quel plafond ? — de la crise. La production automobile avait un rendement inférieur de 87 % à la normale. On n'achetait plus de nouvelles voitures. Pour aller où ? Les gens restaient chez eux. Et pour se rendre au travail (si on en avait encore) une vieille voiture suffisait bien. Quant au marché des voitures d'occasion, il était inondé de modèles pratiquement neufs revendus par la force des choses. En réalité, l'étonnant n'était pas que le rendement eût diminué de 87 %, mais que l'on continuât *encore* à fabriquer des voitures.

Les automobiles se déplaçant au minimum, les industries pétrolières (extraction et raffinerie) étaient touchées par la bande. Et plus de la moitié des stations-service avaient fermé.

Parallèlement, le ralentissement de la production frappait les industries de l'acier et du caoutchouc. Autre source de chômage.

On ne bâtissait plus ; les gens n'avaient pas assez de capitaux. Nouvelle source de chômage.

Et les prisons ! Pleines à craquer, malgré la disparition presque totale de la délinquance : déjà pleines bien avant que les spécialistes de l'illégalité eussent vu que celle-ci n'était plus d'aucun intérêt. Et qu'allait-on faire maintenant des milliers de citoyens arrêtés journellement pour des actes de violence ?

Qu'allait-on faire des forces armées, maintenant que la guerre était un mythe ? Démobilisation générale ? Et un supplément brut de plusieurs millions de chômeurs ? L'après-midi même, le Président avait signé un décret autorisant à retourner dans ses foyers tout soldat en mesure de gagner sa vie, ou de subsister grâce à une fortune personnelle. Mais la proportion d'hommes remplissant cette condition semblait devoir être pitoyablement basse.

La dette nationale… le budget… les programmes de travail… l'armée… le budget… la dette nationale…

Le Président Wendell, enfin, laissa tomber sa tête dans ses mains sur son bureau et grogna sourdement, se sentant très vieux et très inutile.

Alors, d'un coin de la pièce, surgit en réponse au sien un grognement moqueur. « Salut, Toto, lança une voix détestable. On fait encore des heures supplémentaires ? Besoin d'un coup de main ? »

Et un rire répugnant se fit entendre.

## VII

À vrai dire, les affaires n'allaient pas aussi mal *partout.*

Par exemple les psychiatres : ils devenaient fous à essayer d'empêcher les gens de le devenir.

De même les entreprises funéraires. Avec la vague de suicides, de violences et de crises d'apoplexie, la mortalité était en plein essor. Et les pompes funèbres faisaient des affaires d'or, malgré la vogue croissante des inhumations ou crémations sans aucune cérémonie. (Car il n'était que trop facile aux Martiens de transformer un enterrement en pantalonnade; leur divertissement favori était de critiquer les éloges funèbres prononcés par les ministres du culte, chaque fois que ceux-ci brodaient sur les vertus du défunt ou glissaient sur ses vices. Les Martiens qui assistaient aux enterrements avaient toujours une documentation à toute épreuve sur les chers disparus, pour avoir pratiqué antérieurement des observations, écouté aux portes ou lu des papiers secrets. Et trop souvent la famille apprenait sur le bon époux, bon père, à l'existence irréprochable, des choses à secouer ceux qui les entendaient.)

De même encore les *drugstores*. La vente des comprimés d'aspirine, des sédatifs et des boules pour les oreilles atteignait des chiffres record.

Mais le plus grand boom, comme on s'y serait attendu, affectait le commerce des liqueurs.

Depuis des temps immémoriaux, l'alcool a toujours été le remède préféré de l'homme contre les vicissitudes de la vie quotidienne. Et maintenant, les vicissitudes au visage vert qui remplissaient l'horizon mental de chacun étaient mille fois pires que toutes celles de la vie quotidienne en temps normal. Donc, il *fallait* vraiment un remède.

Les gens buvaient surtout chez eux. Mais les cafés étaient toujours ouverts ; l'après-midi on y rencontrait foule, et le soir affluence. Les glaces derrière les bars étaient presque partout brisées, à la suite des bouteilles, verres, cendriers ou autres objets jetés par les consommateurs à des Martiens. On ne les remplaçait pas : elles auraient subi de nouveau le même sort.

Les Martiens aussi, en effet, se bousculaient dans les cafés, bien qu'ils n'eussent pas l'habitude de boire. D'après les tenanciers, c'était le bruit qui les attirait comme des mouches. Les phonos automatiques, les radios, fonctionnaient à plein rendement et les gens hurlaient pour se faire entendre de leurs voisins.

Dans ces conditions, les Martiens ne pouvaient qu'ajouter au volume sonore, ce qui était pratiquement superflu vu son étendue. C'est pourquoi en définitive les cafés étaient les endroits où ils dérangeaient le moins.

Si on était un buveur solitaire (et la plupart des gens le devenaient), il n'y avait qu'à s'accrocher solidement au bar avec un verre en main et fermer les yeux : on ne les voyait ni ne les entendait. Et si, au bout d'un temps, on rouvrait les yeux, on n'était en principe plus en état d'enregistrer leur présence.

Oui, les cafés étaient très courus.

# VIII

Prenons la *Lanterne jaune,* Pine Avenue à Long Beach. Un café comme tous les autres, mais où se trouve Luke Devereaux, et il est temps de revenir à Luke car un événement de la plus haute importance se prépare pour lui.

Il est au bar, verre en main, les yeux fermés. Nous pouvons donc l'examiner sans le déranger.

Sauf qu'il est un peu plus maigre, il n'a pas beaucoup changé depuis la dernière fois que nous l'avons vu — ce qui remonte à sept semaines. Il est toujours propre, rasé et décemment vêtu, bien que son complet ait besoin de passer au pressing et que les plis de son col de chemise indiquent qu'il est son propre blanchisseur. Mais, comme c'est une chemise d'été, elle reste convenable.

Jusqu'ici, il n'a pas été malheureux. Il a réussi à tenir sur son fonds de cinquante-six dollars, en l'arrondissant de petits gains occasionnels.

Mais demain, il allait lui falloir compter sur la caisse de secours. Il ne lui restait que six dollars, et il avait décidé superbement de les engloutir dans l'alcool. Depuis la nuit de son coup de téléphone à Margie, il n'avait pas touché une fois à la bouteille, menant une existence d'ascète et de travailleur de force (si travail il se présentait). Il s'était fait un point d'honneur de ne pas boire (comme de ne pas retéléphoner à Margie, malgré sa promesse d'ivrogne, car il ne voulait pas la revoir avant d'avoir comme elle-même un vrai gagne-pain).

Mais ce soir-là, après dix jours sans le plus épisodique emploi, il se sentait découragé. Il avait fait dans sa chambre un frugal dîner à base de vieux haricots blancs et de saucisses froides, et faisant le point de son capital était arrivé au chiffre exact de six dollars.

Alors il avait tout envoyé au diable. À moins d'un miracle imprévisible, il lui faudrait abandonner d'ici quelques jours. Autant le faire sur-le-champ et se payer auparavant une cuite maison. Après sept semaines d'abstinence totale et avec un estomac point trop rempli, les six dollars suffiraient à lui assurer une ivresse bien tassée. Il s'éveillerait le lendemain avec une gueule de bois terrible, mais les poches vides et la conscience tranquille pour se rendre à la caisse de secours.

Et c'est ainsi qu'il était venu, sans attendre de miracle, à la *Lanterne jaune* où le miracle l'attendait.

Il en était à son quatrième verre, un peu déçu de ne pas sentir davantage l'effet des trois précédents. Mais il avait encore de quoi s'en payer un certain nombre, il ne fallait pas désespérer.

Il portait le verre à ses lèvres quand une main se posa sur son épaule. « Luke ! » cria une voix à son oreille. La voix pouvait être d'origine martienne, mais non la main. Il se retourna donc, prêt à envoyer paître l'importun qui voulait le léser de sa saoulerie solitaire.

C'était Carter Benson, souriant comme une réclame de dentifrice. Carter Benson, qui deux mois plus tôt lui avait laissé la disposition de cette cabane dans le désert, pour commencer ce roman de science-fiction toujours dans les limbes.

Carter était un chic type, mais Luke ne désirait la compagnie de personne. Il voulait s'attendrir seul sur son sort. Carter avait l'air florissant comme si de rien n'était. Mais même lui offrirait-il à boire, Luke n'en tenait pas moins à sa tranquillité.

Il fit un signe de tête à l'adresse de Carter et dit : « Le Jabberwock, l'œil flamboyant, ruginiflant par le bois touffeté, arrivait en barigoulant[1] ! » (Car, puisque Carter verrait seulement remuer ses lèvres sans comprendre un mot dans le tumulte, qu'importait la teneur de ses paroles ?) Et, après un autre signe de tête, il revint à son verre et referma les yeux. Carter n'était pas idiot ; il pigerait et disparaîtrait.

Il eut le temps de boire une gorgée et de pousser un soupir d'attendrissement sur lui-même. Et la main de nouveau fut sur son épaule. Cette andouille de Carter, il était donc bouché ?

Il ouvrit les yeux. Quelque chose à leur hauteur obturait son champ de vision. Ce n'était pas un

1. Luke cite Lewis Carroll et son *Jabberwocky*, poème en mots fabriqués. *(N.d.T.)*

Martien, car c'était rose. C'était si près qu'il en loucha, alors il recula la tête pour voir.

Un chèque. En bonne et due forme. Émanant de Bernstein, leur éditeur commun, à Carter et lui. Quatre cent soixante dollars.

Et alors ? Carter voulait faire le fortiche et arroser ses triomphes littéraires ? Qu'il aille se faire pendre ailleurs ! Luke une fois de plus ferma les yeux.

Et une fois de plus la main lui tapa l'épaule, de façon pressante. Il les rouvrit. Le chèque était toujours là.

Et cette fois il vit. Il n'était pas à l'ordre de Carter Benson, mais de Luke Devereaux.

Hein ? Avec l'argent qu'il *devait* à Bernstein, pour les avances obtenues sur un livre jamais écrit ?

Il avança des doigts tremblants pour saisir le chèque et l'examina. Il avait bien l'air authentique.

Un Martien qui courait sur le bar en faisant des glissades passa au travers de sa main et du chèque. Luke le lâcha sur le coup, puis le reprit sans autre réaction. Enfin, il se tourna de nouveau vers Carter, qui souriait toujours.

Il demanda : « Qu'est-ce que ça veut dire ? » en articulant soigneusement cette fois pour que Carter pût lire sur ses lèvres.

Carter dirigea deux doigts vers le comptoir, puis leva le poing, le pouce braqué derrière lui :

— On va discuter dehors ?

Dans les temps heureux, c'était là une invitation à la bagarre. Mais maintenant, si deux personnes voulaient se parler sans être forcées de hurler ou de lire sur leurs lèvres, elles sortaient en emportant leurs verres. C'était devenu la coutume. Le personnel des bars était habitué et ne réagissait pas en voyant des clients se lever à tout bout de champ pour s'en aller, verre en main.

Luke glissa le chèque dans sa poche, empoigna les deux verres signalés par les doigts de Carter et se fraya la voie jusqu'à la sortie. Le risque dans ces cas-là était qu'il prît fantaisie à un Martien de vous accompagner. Il n'y avait plus alors qu'à rebrousser chemin. Mais Luke et Carter se retrouvèrent seuls dans la rue.

— Merci, vieux ! Et pardon d'avoir voulu t'envoyer au bain. Mais vas-tu m'expliquer ?...

— As-tu jamais lu un bouquin qui s'appelle *L'Eldorado sanglant* ?

— Lu ? Je l'ai pondu ! Mais il y a quinze ans de ça. C'était un western à la noix.

— Exactement. Mais pas *à la noix*. C'était un western drôlement fameux, Luke.

— Tu rigoles ?

— Oh ! non. Et même si fameux qu'une maison de *pocket-books* va le rééditer. Figure-toi que le marché des westerns crève le plafond. Ils ne savent pas où donner de la tête pour trouver de la copie. Ce chèque est une jolie petite avance que les gars ont versée à Bernstein sur tes droits d'auteur.

— Jolie petite ? Quatre cents dollars, c'est plutôt miteux pour une avance. Ce n'est pas que je fasse la fine bouche, mais enfin...

— Vieux, ton avance était de trois sacs, mais tu as peut-être oublié que tu devais deux mille cinq cents dollars à Bernstein. Tu touches la somme déduction faite. Veinard, maintenant tu ne dois plus rien à personne !

Luke considéra cet aspect de la question. Carter continua :

— Bernstein n'avait pas d'adresse où te joindre. Je lui ai dit de me filer le chèque et que je te dénicherais.

— Comment as-tu fait ?

— J'ai su par Margie que tu étais dans le coin. Il ne me restait plus qu'à faire le tour des bars. Je savais bien qu'un jour ou l'autre…

— Miracle ! fit Luke. C'est la première fois que j'y mettais le pied depuis mon coup de téléphone à Margie et ce devait être la dernière avant longtemps. Mais revenons à Bernstein. Qu'est-ce qu'il dit de tout ça ?

— Qu'il faut que tu lâches la science-fiction. Elle est morte. On ne peut *quand même* pas demander aux gens d'avoir envie de lire des histoires de l'espace, en ce moment ! Les Martiens, ils les ont à domicile. Mais comme ils lisent toujours, il y a un gros boom sur les policiers et plus encore sur les westerns. Alors Bernstein dit que si tu t'es attelé à ce roman de science-fiction… Au fait, est-ce le cas ?

— À vrai dire non.

— Parfait ! De toute façon, Bernstein n'en veut pas. Il voulait que tu arrêtes d'y travailler.

— Facile, puisque je n'ai pas commencé. Je n'ai même pas eu une seule idée. Juste une fois, j'avais cru, dans ta cabane… le soir même de l'arrivée des Martiens.

— Quels sont tes projets maintenant, Luke ?

La question prit Luke au dépourvu. Au fait, quels projets ? Quatre cents dollars, avec la baisse des prix il y avait de quoi vivre des mois là-dessus. Il pouvait faire des tas de choses. N'étant plus à la côte, il pouvait chercher à voir Margie. S'il le voulait. Le voulait-il ?

— Je n'en sais rien, répondit-il aussi bien à Carter qu'à lui-même.

— Eh bien, moi, je sais, déclara Carter. Tu te crois peut-être flambé comme écrivain parce que tu penses à la science-fiction. Mais les westerns ? Si tu as seulement deux sous de plomb dans la cervelle, tu vas te mettre à écrire des westerns. Tu l'as bien fait déjà.

— Un seul roman, plus quelques nouvelles. Mais ce qu'il y a, c'est que… je n'*aime* pas les westerns.

— Tu aimes peut-être laver la vaisselle ?

— Eh bien… non, pas exactement.

— Ouvre les châsses.

Carter sortit quelque chose de son portefeuille. On eût dit un autre chèque — et c'en était un. Luke regarda. Mille dollars, à l'ordre de Luke Devereaux, émanant également de Bernstein.

— Cette fois, dit Carter, c'est une avance personnelle de Bernstein sur ton *prochain* western… si tu es d'accord pour l'écrire. Il déclare que si ce n'est pas pire que *L'Eldorado sanglant*, il t'en offre cinq sacs. Alors ? C'est à toi si tu dis oui.

— Amène ça !

Et Luke empoigna prestement le second chèque, qu'il se mit à contempler amoureusement.

Il remontait la pente. Déjà les idées l'envahissaient. Il tenait son début. Une plaine solitaire du Texas au crépuscule, un cow-boy à cheval, épuisé par une longue route…

— Bravo ! Et maintenant on arrose ça ? fit Carter.

— Et comment ! Euh… au fait, non. Si ça ne te fait rien, remettons à plus tard.

— Pourquoi ? L'inspiration ?

— Tout juste. J'ai l'esprit en ébullition. Je préfère m'y mettre pendant que je suis braqué là-dessus. Je n'ai pas assez bu pour en avoir les idées obscurcies.

— Je te comprends. Rien de plus excitant qu'une page blanche dans ces cas-là. Donne-moi seulement ton adresse et ton numéro de téléphone.

Luke les donna et Carter reprit :

— Tu sais, Margie se tracassait à ton sujet. Je m'en suis rendu compte rien qu'à sa façon de parler au téléphone. Elle m'a fait promettre de lui donner ton adresse si je te trouvais. Pas d'inconvénient ?

— Absolument pas, mais inutile : je l'appellerai moi-même demain.

Et Luke serra chaleureusement la main de Carter, le remercia avec effusion et se hâta vers sa machine à écrire qui l'attendait.

Il était dans un tel état d'excitation que ce fut seulement parvenu à son escalier qu'il s'aperçut de la présence, dans sa main, d'un demi-verre de whisky-soda. Il l'avait porté sur tout le chemin du retour, avec tant de précaution inconsciente qu'il n'en avait pas renversé une goutte !

En riant, il s'arrêta pour le boire.

Dans sa chambre, il enleva veston et cravate et roula ses manches de chemise. Il posa la machine et une rame de papier sur la table, avança une chaise, s'assit. Il plaça la première feuille dans le rouleau. Il avait décidé de ne faire pour commencer qu'un brouillon, afin de ne pas avoir à s'arrêter pour des corrections. Il taperait d'une traite; tout élément était susceptible d'être utilisé dans la version définitive.

Le titre? Pas besoin d'un titre accrocheur pour un western. Il suffisait qu'il indiquât l'action et eût une *allure* western. Quelque chose comme *Coups de feu sur la frontière* ou *Coups de feu sur le Pecos.*

Oui, «Coups de feu» était bien, mais pas d'histoire de frontière — *L'Eldorado sanglant* se passait déjà sur la frontière. Quant au pays Pecos, il n'était pas assez documenté à son sujet. L'Arizona, c'était mieux. Il y avait voyagé, il se tirerait des descriptions.

Quels fleuves coulaient en Arizona? Le Petit Colorado: trop long (le nom, pas le fleuve). Le Trout Creek... mais *Coups de feu sur le Trout,* non, ça ne collait pas.

Ça y était! Le Gila. *Coups de feu sur le Gila.* En le prononçant «Rhila», ça sonnait rudement bien.

Il l'inscrivit en capitales au sommet de la page.

Au-dessous, il tapa: «par Luke Devers». Le pseudo qu'il avait pris pour *L'Eldorado sanglant* (Devereaux ne faisait pas sérieux pour le genre).

Un peu plus bas: «Chapitre I», puis plusieurs interlignes, et il poussa le chariot à gauche.

Et maintenant, en route! Il avait son roman au

bout des doigts. Il laisserait les détails de l'intrigue s'organiser d'eux-mêmes à mesure qu'il écrirait.

Dans le western, les sujets sont limités. Voyons, il pourrait reprendre celui qu'il avait utilisé autrefois dans une nouvelle, *Tonnerre sur la vallée*. Deux ranchs rivaux, l'un appartenant au traître, l'autre au héros. Et cette fois, les ranchs seraient chacun sur une rive du Gila, ce qui rendrait le titre parfait. Le traître, bien sûr, a un gros ranch avec des tueurs à sa solde ; le héros a un petit ranch avec quelques braves cow-boys qui ne sont pas des tueurs.

Et aussi une fille, bien entendu. Pour un roman, c'était indispensable.

L'intrigue se formait à pas de géant.

Il fallait changer l'optique du récit. Il serait raconté du point de vue d'un homme de main fraîchement recruté par le traître, mais qui dans le fond serait un type bien et tomberait amoureux de la fille de l'honnête rancher. Il veut changer de camp lorsqu'il découvre…

Du tonnerre ! Ça allait marcher comme sur des roulettes.

Les doigts de Luke restèrent une seconde suspendus au-dessus du clavier, il manœuvra la barre des intervalles pour son début de paragraphe — et il commença :

*Comme Don Marston s'approchait de la silhouette qui l'attendait sur la piste, elle se révéla être celle d'un rascal à la mine patibulaire, vêtu de noir, dont les mains tenaient en travers du pommeau d'argent de sa selle le morceau d'une carabine brisée. À ce moment…*

Le va-et-vient du chariot se poursuivit, lentement, puis de plus en plus vite. Luke, perdu dans le cliquetis des touches, n'était plus sensible qu'à la ruée des mots en lui. Et soudain…

Soudain, un Martien, un du petit gabarit, se trouva assis à califourchon sur le chariot, et tout en le chevauchant se mit à brailler : « Youpi ! Hue, cocotte ! Vas-y ! Plus vite, Toto, plus vite ! »

Luke poussa un hurlement.

Et alors…

# IX

— Catatonie, docteur ? murmura l'interne.

Le médecin de l'ambulance se frotta le menton, considérant la forme inerte qui gisait sur le lit.

— Tout à fait étrange, dit-il. État catatonique pour le moment, sans aucun doute. Mais ce ne semble être qu'une phase.

Il se tourna vers la logeuse, qui se tenait sur le seuil de la chambre de Luke :

— Vous dites que vous avez d'abord entendu un cri ?

— Oui, mais en venant écouter je l'ai entendu taper à la machine et je me suis dit que tout allait bien. Et puis, deux trois minutes plus tard, un bruit de verre brisé. Cette fois, je suis entrée : sa fenêtre était en miettes et il était *de l'autre côté*, sur l'escalier d'incendie où il était tombé. S'il n'y avait *pas* eu d'escalier d'incendie, c'était la morgue qu'il fallait appeler.

— Étrange, répéta le docteur.

— Vous allez l'emmener, hein, docteur ? Avec tout ce sang…

— Ne vous affolez pas, les blessures ne sont pas graves. Mais nous allons l'emmener, oui.

— Pas grave, je veux bien, mais pas pour mes vêtements qui ont tout pris !

— Regrettable, effectivement.

— Et ma fenêtre cassée, qui va me la payer ?

— Madame, soupira le docteur, ce n'est pas de mon ressort. Si nous nous occupions plutôt d'arrêter l'épanchement du sang ? Auriez-vous l'amabilité de nous faire bouillir de l'eau ?

La logeuse acquiesça avec empressement et s'en fut.

— Vous voulez *vraiment* de l'eau bouillie ? s'enquit avec curiosité l'interne.

— Bien sûr que non, voyons. Mais il faut toujours demander aux femmes d'aller faire bouillir de l'eau quand on veut se débarrasser d'elles. C'est souverain.

— On le dirait. Est-ce que je nettoie tout de suite les plaies à l'alcool ou l'emmenons-nous d'abord ?

— Faites-le maintenant. J'en profiterai pour jeter un coup d'œil sur ses affaires.

Le docteur se dirigea vers la table et se pencha sur la machine à écrire, où était engagée une feuille.

— Par Luke Devers… Ça me dit quelque chose. Où ai-je entendu ce nom-là récemment ?

— Aucune idée, docteur.

— Le début d'un roman western : il a mis *Chapitre I*. Tout va très bien pendant trois paragraphes… et puis il y a un endroit où une touche a traversé le papier. C'est là que quelque chose lui est arrivé. Un Martien, sans doute.

— Comme s'il y avait *autre chose* pour rendre les gens fous !

— Dire qu'autrefois on devenait fou pour des tas de raisons ! soupira le docteur. Donc, c'est à ce moment-là qu'il a crié. Ensuite, conformément au dire de la logeuse, il a continué à taper l'espace de quelques lignes... Mais venez voir *quoi.*

L'interne termina ses soins et rejoignit le médecin. Il lut à voix haute :

« HUE COCOTTE HUE COCOTTE HUE COCOTTE HUE COCOTTE HUE COCOTTE VAS-Y HUE VAS-Y COCOTTE VAS-Y COCOTTE HUE VAS-Y HUE COCOTTE VAS-Y DANS LE PAYS DE COCOTTE VAS-Y HUE. »

— On dirait un télégramme envoyé par Zorro à son cheval, ajouta-t-il. Ça vous inspire quelque chose, docteur ?

— Pas énormément. Je suppose que c'est en liaison avec ce qui lui est arrivé, mais je ne sais pas de quelle façon. Allons-nous-en maintenant.

L'interne fouilla Luke pour trouver son portefeuille (s'il avait de l'argent, il aurait droit à une clinique privée). Il fallait aussi voir s'il y avait quelqu'un « à prévenir en cas d'accident ». L'interne et le docteur firent la moue devant les trois uniques billets d'un dollar qui garnissaient le portefeuille, puis écarquillèrent les yeux devant les deux chèques.

— Luke Devereaux ! s'exclama le docteur en lisant la suscription des chèques. J'y suis. Son pseudo était suffisamment ressemblant pour me sembler familier.

— Je ne savais pas que vous aviez le temps de lire des feuilletons.

— Ce n'est pas ça, mais il y a une infirmière à l'hôpital psychiatrique... elle a passé à tous les milieux médicaux la consigne de la joindre si ce type était en traitement quelque part. Son ex-mari, je crois.

— Bon, cela fait quelqu'un à prévenir. Mais la question argent ?

— Ah ! ah !... S'il est déclaré fou, l'endossement est-il valide ? c'est tout le problème.

— Ma foi, on verra d'abord ce que dira la femme. C'est elle que ça regarde.

— En effet. Je vais d'ailleurs lui téléphoner de ce pas.

Le docteur revint guilleret cinq minutes après :

— Tout s'arrange au mieux. Elle le prend en charge et l'envoie dans une clinique à ses frais. Elle va envoyer une ambulance privée, elle demande qu'on reste ici en attendant.

— Au poil. (L'interne bâilla.) Je me demande pourquoi elle soupçonnait qu'il aurait quelque chose de ce genre. Un instable ?

— En partic. Mais ce n'est pas tout. Elle avait particulièrement peur qu'il se remette à écrire, ce qu'il n'avait pas fait depuis l'arrivée des Martiens. Quand il est en pleine création, dit-elle, il est tellement concentré qu'il saute de trois mètres et entre en transe à la plus légère interruption. Elle avait pris l'habitude quand il écrivait de marcher sur la pointe des pieds, et tout le reste à l'avenant.

— Je me demande ce qu'un Martien a pu lui faire cette nuit.

— Moi aussi j'aimerais bien le savoir.

— *Et si vous me le demandiez, messieurs ?*

Ils se retournèrent d'un seul élan : Luke Devereaux était assis sur le bord du lit, un Martien sur ses genoux.

— Hé ? fit le docteur, assez piteusement.

Luke sourit, parfaitement sûr de soi, l'air tout à fait normal :

— Je disais : si vous me le demandiez, je pourrais satisfaire votre curiosité. Voilà ce qui s'est passé : il y a deux mois je suis devenu fou (probablement par suite d'une trop grande tension cérébrale, en essayant de trouver un sujet de roman). C'était dans une cabane en plein désert ; j'ai commencé à avoir des hallucinations où je voyais des Martiens. Je n'ai pas cessé depuis lors, et c'est seulement ce soir que j'ai recouvré la raison.

— Vous êtes... vous êtes bien *sûr* que c'étaient des hallucinations ? interrogea le docteur. En même temps, il posa la main sur l'épaule de l'interne, pour lui recommander la prudence. Si, dans un tel état d'esprit, le patient regardait subitement sur ses genoux, le traumatisme pouvait faire sombrer définitivement sa raison.

Mais l'interne ne comprit pas.

— Et alors, demanda-t-il, comment appelez-vous ce que vous avez sur vos genoux ?

Le docteur frémit. Luke baissa les yeux. Le Martien leva les siens et projeta vers le visage de Luke une énorme langue jaunâtre ; il la rentra avec un gros bruit de lapement, puis la ressortit pour s'en lécher le bout du nez.

Luke détourna son regard et fixa l'interne avec curiosité :

— Eh bien quoi, il n'y a *rien* sur mes genoux. Vous êtes fou ?

# X

Le cas de Luke Devereaux (qui fit plus tard l'objet d'une monographie due au Dr Ellicott H. Snyder, directeur de la clinique où il avait été transporté) était probablement unique. En tout cas, aucun autre exemple n'avait été officiellement enregistré d'un patient doué de la vue et de l'ouïe... et ne voyant ni n'entendant les Martiens.

Il y avait, bien sûr, les sourds et aveugles qui n'avaient jamais eu de preuve sensorielle de leur existence et devaient s'en rapporter à ce qu'on leur en disait. Si certains n'y croyaient pas réellement, on ne pouvait les en blâmer.

Il y avait aussi les millions de gens — sains d'esprit ou non — qui admettaient leur existence, mais refusaient de voir en eux des *Martiens.*

La plupart étaient les superstitieux et les fanatiques religieux, selon qui c'étaient en réalité, au choix : des anges du mal, des banshees, des chimères, des diablotins, des doppelgängers, des élémentals, des elfes, des esprits, des enchanteurs, des fantômes, des farfadets, des génies, des gnomes, des goblins, des kobolds, des korrigans, des leprechauns, des lutins, des magiciens, des maudits de l'enfer, des péris, des puissances des ténèbres, des sorciers, des spectres, des trolls et des je ne sais quoi encore.

De par le monde, les religions, les sectes et les congrégations étaient divisées sur ce problème. L'Église presbytérienne, par exemple, se trouva séparée en trois branches. Il y eut l'Église presbytérienne démoniste, qui considérait les Martiens comme des créatures de l'enfer venues nous punir de nos péchés. L'Église presbytérienne scientifique, qui les acceptait en tant que Martiens, mais voyait dans le fait de leur invasion la main de Dieu comme dans tout autre cataclysme. Et l'Église presbytérienne révisionniste, qui combinait les doctrines de base des démonistes et des scientifiques en supposant simplement que l'enfer était situé sur la planète Mars. (Une branche annexe, les rerévisionnistes, allait plus loin et en déduisait que le ciel se trouvait à l'opposé, sur Vénus.)

En fait, les seules croyances à l'abri des divergences étaient la Christian Science et le catholicisme romain.

Les scientistes proclamaient que les envahisseurs n'étaient ni des Martiens ni des démons, mais les produits (visibles et audibles) de *l'erreur humaine,* et qu'ils disparaîtraient si nous refusions de croire à leur existence. (Doctrine, peut-on noter, fort proche de l'illusion paranoïaque de Luke Devereaux, avec la différence que pour lui cela réussissait.)

L'Église catholique maintenait son intégrité grâce au dogme de l'infaillibilité du pape. Celui-ci, dans une bulle, avait déclaré qu'une commission de théologiens et savants catholiques se réunirait pour déterminer la position de l'Église et dicter aux fidèles l'opinion à avoir ; en attendant, ils étaient libres de penser ce qu'il leur plaisait sans être hérétiques ni schismatiques. Comme les délibérations de la Diète de Cologne menaçaient de se poursuivre indéfiniment (car elle ne serait ajournée qu'après motion unanime), tout le monde avait donc l'âme en paix de ce côté-là. Il est vrai que, de part et d'autre, des jeunes filles recevaient des révélations divines (et contradictoires) sur la nature des Martiens, leur place et leur fin dans l'univers, mais elles n'étaient pas reconnues par l'Église et ne gagnaient pas plus de quelques adhérents locaux. Pas même celle du Chili qui avait des stigmates : les empreintes de petites mains vertes à six doigts dans la paume des siennes.

Dans les milieux enclins moins à la religion qu'à la superstition, les théories étaient encore plus variées, ainsi que les méthodes à employer pour venir à bout des Martiens. (Au moins les Églises s'accordaient sur un point : le recours à Dieu par la prière pour nous en libérer.)

Les livres sur la sorcellerie, la démonologie, la magie, se vendaient comme des petits pains. Toutes les formes connues de thaumaturgie, de démonomancie et de conjuration étaient essayées, et on en inventait de nouvelles.

Les prédictions des astrologues et autres devins — œuvrant depuis les tarots jusqu'aux entrailles de mouton — faisaient florès pour annoncer le jour et l'heure de leur départ. En définitive, il y en avait eu tellement de prononcées qu'une centaine auraient été vraies de toute façon, à quelque moment que se situât ce départ. Et tout faiseur de pronostics l'envisageant dans un délai de quelques jours pouvait avoir durant ce temps sa petite part d'adeptes.

## XI

— Le cas le plus étrange de toute ma carrière, Mrs. Devereaux, prononça le Dr Snyder. Il était assis derrière son luxueux bureau. C'était un homme trapu aux yeux perçants dans un visage de pleine lune.

— Mais pourquoi, docteur ? demanda Margie Devereaux. (Nous n'avons pas encore rencontré cette jeune femme : elle était jolie, une grande fille aux cheveux de miel, aux yeux bleus, élancée mais dotée de formes parfaitement situées et harmonieusement soulignées par son uniforme ajusté d'infirmière, qu'elle n'avait pas eu le temps de retirer.) Je veux dire : pourquoi diagnostiquez-vous la paranoïa ? reprit-elle.

— Cette incapacité de voir et d'entendre les Martiens correspond manifestement à un mécanisme neurotique de refus, répondit le docteur. Mais ce n'est pas que le cas soit *compliqué*, Mrs. Devereaux. C'est le premier paranoïaque que j'aie jamais vu en aussi bon état que s'il était normal. Je l'envie. Et j'hésite presque à *essayer* de le soigner.

« Luke est ici depuis une semaine maintenant, parfaitement heureux, ne se plaignant que pour réclamer votre visite, et en plein travail sur ce roman western, à raison de huit-dix heures par jour. Et croyez-moi : j'ai lu ses quatre premiers chapitres, c'est de la haute qualité, et je suis expert en la matière (vous avez devant vous un amateur de westerns).

« J'ai pu me procurer un exemplaire de *L'Eldorado sanglant,* celui qu'il avait écrit autrefois. Eh bien, celui-ci est cent fois meilleur. Je ne serais même pas surpris qu'il devienne un best-seller et un classique du genre. Donc, si je traite son obsession, son obsession purement négative de la non-existence des Martiens…

— Je comprends. Il risque de ne jamais pouvoir continuer.

— Le fait est là. Le rendrons-nous plus heureux en lui faisant voir les Martiens qui nous entourent ?

— En somme vous êtes d'avis de ne pas le soigner.

— Je suis embarrassé, Mrs. Devereaux. C'est un tel défi aux règles.

— À propos, et les chèques ?

— J'ai téléphoné à son éditeur. Celui de quatre cents dollars représente une somme due. Nous le lui ferons endosser et il suffira à payer un mois de clinique.

— Et vos honoraires, docteur ?

— Mes honoraires ? Comment voulez-vous que je vous en réclame puisque je ne lui fais suivre aucun traitement pour le moment ? En ce qui concerne l'autre chèque, c'est une avance sur le western en question. Quand j'ai dit à Mr. Bernstein que Luke était fou et l'écrivait quand même, il a été sceptique. Il a demandé que je lui lise le premier chapitre au téléphone… l'appel a bien dû lui coûter 100 dollars, mais il a été enthousiaste. Il a déclaré que si tout le reste était de la même veine, Luke en tirerait au moins 10 000 dollars, sinon plusieurs fois plus. Et qu'il pouvait garder le chèque. Et que si je faisais quoi que ce soit l'empêchant de terminer le livre, il venait sur place me mettre en pièces.

« Regardons les choses en face, Mrs. Devereaux. Prenons 10 000 dollars comme droits d'auteur minimum sur *La Piste de nulle part* (c'est le nouveau titre qu'il a choisi en repartant de zéro). Les quatre chapitres que Luke a écrits au cours de la semaine représentant approximativement le quart du livre.

« Sur cette base, on peut donc dire que sa semaine lui a rapporté 2 500 dollars. S'il continue avec le même rendement, cela lui fera 10 000 dollars en un mois. Et, même en tenant compte des temps d'arrêt entre deux livres et du fait qu'il ne maintiendra peut-être pas ce train régulièrement, on peut dire qu'il encaissera, au bas mot, 50 000 dollars dans l'année à venir. Et peut-être 100 000 ou 200 000, si le chiffre minimum donné par Bernstein monte comme celui-ci le prévoit. Maintenant, écoutez-moi, Mrs. Devereaux : l'an dernier, j'ai gagné en tout *25 000* dollars. Et vous voudriez, dans ces conditions, que j'aille le *soigner* ! »

Margie sourit.

— J'en ai presque peur rien que d'y penser. La meilleure année de Luke — la seconde de notre mariage — ne lui avait jusqu'ici rapporté que 12 000. Mais, docteur, il y a une chose que je ne comprends pas.

— Laquelle ?

— Pourquoi vous m'avez fait venir. Bien sûr, j'ai envie de le voir, mais vous aviez dit qu'il valait mieux ne pas le déranger, au risque de couper le fil de son inspiration. Pour trois semaines seulement, ne pouvait-on attendre ? Qu'on soit au moins sûrs que ce livre-là sera terminé.

Le Dr Snyder sourit tristement.

— Je n'avais pas le choix, j'en ai peur, Mrs. Devereaux. Luke s'est mis en grève.

— En grève ?

— Ce matin, il m'a déclaré qu'il n'écrirait plus un mot avant que je vous téléphone de venir le voir. Et il ne plaisantait pas.

— Il a donc perdu un jour ?

— Non, une demi-heure seulement : le temps de vous obtenir. Il s'est remis au travail dès que je lui ai communiqué l'annonce de votre venue. Il m'a cru sur parole.

— Je suis heureuse de cela. Et maintenant, avant que j'aille le voir, avez-vous des recommandations à me faire, docteur ?

— Oui, ne discutez pas avec lui, surtout pas de son obsession. S'il vient des Martiens autour de vous, rappelez-vous qu'il ne peut les voir ni les entendre. Et c'est authentique, il ne truque pas.

— Je dois donc les ignorer moi-même. Mais,

vous le savez assez, docteur, ce n'est pas toujours *possible.* Quand un Martien vient vous hurler dans l'oreille sans qu'on s'y attende…

— Luke sait que les autres gens voient des Martiens. Il ne sera pas surpris de vous voir sursauter. Et si vous lui faites répéter quelque chose, il saura que c'est le cri d'un Martien qui vous aura assourdie. C'est-à-dire… que vous vous êtes *imaginé* avoir entendu un Martien crier…

— Mais, docteur, même si son subconscient refuse d'entendre un tel son, comment son oreille peut-elle y manquer ? Comment peut-il malgré tout comprendre ce qu'on lui dit ?

— Son subconscient doit probablement désyntoniser son sens auditif par rapport aux sons émis par les Martiens. Il se met sur une autre longueur d'onde, et il vous entendra clairement murmurer même si un Martien hurle à côté de lui. Rappelez-vous les gens qui travaillent dans des usines très bruyantes et qui, à force de pratique, captent des conversations *au-dessous* du niveau du bruit.

— Je comprends. Mais pour ce qui est de ne pas les *voir* ? Les Martiens sont opaques. Il semble impossible qu'il ne voie *rien* s'il y en a un par exemple entre nous deux, et qu'il continue à me voir, moi, normalement, comme si aucun obstacle ne lui bouchait la vue.

— Simplement, il regarde ailleurs. Mécanisme de défense commun en matière de névrose spécialisée. Il y a comme une dichotomie entre son conscient et son inconscient · le second joue des tours au premier. C'est lui qui le pousse à tourner la tête ou même à fermer les yeux plutôt que de découvrir que quelque chose occulte son champ de vision.

— Et il trouve logique de regarder ailleurs ou de fermer les yeux ?

— Son subconscient lui fournit une excuse. Observez-le bien, vous verrez ce qui se produit chaque fois qu'un Martien vient dans le prolongement de son regard. (Le docteur soupira.) J'ai eu maintes fois l'occasion d'observer le phénomène. Chaque fois qu'un Martien se posait sur le clavier de sa machine, pendant qu'il était au travail, il s'était mis les mains à la nuque et s'appuyait au dossier en contemplant le plafond…

— C'est toujours ce qu'il fait quand il cherche ses idées en écrivant.

— Bien entendu. Mais là, c'est son subconscient qui barre la route à ses idées pour le *forcer* à faire ce geste, puisque sans cela il continuerait à regarder son clavier et verrait le Martien. Si, tandis que nous parlions, l'un d'eux se mettait entre nous, il trouvait une excuse pour se lever et changer de place. Une fois, il y en a un qui s'est assis sur sa tête et lui a complètement bouché la vue avec ses jambes… eh bien, il a fait remarquer à ce moment que ses yeux étaient très fatigués et qu'il s'excusait de les fermer. Son subconscient ne permettrait pas qu'il se rende compte de la présence d'un obstacle au travers duquel il ne pourrait voir.

— Et, si on veut lui prouver la vérité, si on le met au défi d'ouvrir les yeux ou de regarder dans une certaine direction pour voir ce qui s'y trouve, je suppose qu'il refuse tout en gardant une réaction rationnelle ?

— Exactement. Je vois que vous avez quelque expérience de ce genre de cas, Mrs. Devereaux.

— J'ai travaillé six ans en tout à l'hôpital psychiatrique : dix mois maintenant et cinq ans avant mon mariage avec Luke.

— Serait-il indiscret de vous demander — en tant que médecin de Luke, bien sûr — quelle a été la cause de votre rupture ?

— Je n'y vois aucun inconvénient, docteur, mais... pourrions-nous une autre fois ? C'était plus une foule de petites choses qu'un seul gros grief, et il me serait long de l'expliquer, spécialement si j'essaie d'être tout à fait équitable envers lui comme envers moi.

— Naturellement. (Le docteur regarda sa montre.) Grands dieux, je ne pensais pas que je vous retenais depuis si longtemps. Luke doit ronger son frein. Mais puis-je vous poser encore, à titre très personnel, une dernière question ?

— Faites.

— Nous manquons d'infirmières. Accepteriez-vous par hasard de quitter votre emploi à l'hôpital pour venir travailler ici ?

— Qu'y a-t-il là de personnel ? fit Margie en riant.

— Luke a découvert qu'il vous aimait très tendrement, si vous l'avez compris, et il sait qu'il a commis une très grosse erreur en vous laissant partir. Je... euh... déduis de votre anxiété à son sujet que vos sentiments sont identiques, ou est-ce que je me trompe ?

— Je... je n'ai aucune certitude, docteur. C'est exact, je me suis tracassée pour lui, et j'éprouve à son égard beaucoup d'affection. Je me suis même rendu compte que la cause de notre désaccord retombait en partie sur moi. Je suis tellement... « normale » que je n'ai pas été à même de comprendre les problèmes psychiques que lui posait sa condition d'écrivain. Mais quant à l'aimer de nouveau... il faut au moins que j'attende de l'avoir vu.

— Vous jugerez après si mon offre vous agrée. Si vous décidez de vous installer ici, la chambre voisine de la sienne a une porte communicante d'habitude fermée...

Margie sourit encore.

— Je vous le ferai savoir, docteur. Et n'ayez crainte : nous sommes toujours mariés aux yeux de la loi. Et je peux encore annuler le divorce d'ici trois mois, avant qu'il devienne effectif.

— Bien. Vous le trouverez chambre 6 au deuxième étage. Entrez vous-même : la porte n'ouvre que de l'extérieur. Pour sortir, pressez sur le bouton de service et quelqu'un viendra.

— Merci, docteur. (Margie se leva.)

— Et... revenez me voir ici, au cas où vous voudriez m'entretenir de ma proposition. Mais il est vrai que je serai probablement...

— ... Déjà parti vu l'heure tardive, compléta Margie avec un rire fugitif. Puis elle redevint grave : Franchement, docteur, je ne sais pas. Il y a si longtemps que nous ne nous sommes vus...

Quelques minutes plus tard, elle parvenait devant la chambre 6. À l'intérieur, elle entendait le cliquetis d'une machine à écrire.

Doucement, elle frappa pour s'annoncer, puis ouvrit la porte.

Luke, les cheveux en bataille et les yeux brillants, bondit de sa chaise et se précipita vers elle, la saisissant juste au moment où elle refermait derrière elle.

Il s'écria : « Margie ! Oh ! Margie ! » et la seconde d'après il la couvrait de baisers, la serrait d'un bras contre lui et de l'autre éteignait la lumière, plongeant la chambre dans les ténèbres.

Elle n'avait pas eu le temps de voir s'il y avait un Martien présent pour justifier (dans le seul subconscient de Luke, bien entendu) ce geste étrange.

Quelques instants plus tard, elle s'aperçut qu'elle ne s'en souciait pas. Après tout, les Martiens n'étaient pas des êtres humains.

Et elle, elle en était un.

(Rideau).

# XII

Le beau raisonnement de Margie en cet instant solennel, beaucoup de gens le tenaient, après avoir fait au début des inhibitions sexuelles dues à la présence des Martiens.

Quand on avait su (et on le sut vite) qu'ils voyaient non seulement dans le noir, mais à travers draps, couvertures, édredons et murs même, la vie amoureuse du genre humain (même légitime et maritale) en avait pris un sérieux coup.

Exception faite de quelques abominables dépravés, il était difficile à un couple à l'état de nature et prêt à se rendre mutuellement hommage, de se faire à l'idée qu'il pouvait toujours être *surveillé*. D'autant plus que, si leur méthode de procréation demeurait un mystère, les Martiens semblaient excessivement intéressés, amusés et dégoûtés à la fois par notre méthode à nous.

Les premières semaines, il y eut des personnes pour craindre que la race fût condamnée à l'extinction faute de se reproduire.

Cet effet désastreux devait se refléter dans le taux de la natalité au début de 1965.

En janvier 1965 (dix mois après l'Arrivée), ce taux avait baissé aux États-Unis de 97 % par rapport à la normale ; et la plupart des naissances qui s'étaient produites étaient consécutives à des grossesses prolongées, l'instant de la conception se situant avant la nuit du 26 mars 1964. Dans tous les autres pays, la chute de la natalité était presque aussi grande. En Angleterre, elle était encore pire. Enfin, même en France, elle était de 82 %.

Et puis, dès février, la natalité amorça une reprise. Elle était de 30 % par rapport à la normale aux États-Unis, de 22 % en Angleterre, de 49 % en France.

En mars, elle était de 80 %, par rapport à la normale dans tous les pays. Et de 137 % en France, ce qui montrait que les Français s'étaient déjà mis à rattraper le temps perdu quand les autres pays en étaient encore à ressentir un dernier reste d'inhibition.

On était des êtres humains, si les Martiens n'en étaient pas.

Plusieurs rapports du type Kinsey indiquèrent en mai 1964 que tous les couples mariés avaient pratiquement repris, au moins occasionnellement, leurs relations sexuelles. Et comme les Martiens (qui connaissaient les faits) ne démentirent pas ces conclusions au cours des interviews publiques, ce qu'ils n'auraient manqué de faire si elles avaient prêté le flanc à la critique, on pouvait en déduire leur véracité.

Seule nouveauté : tout le monde prit l'habitude de pratiquer l'amour la nuit seulement, et en pleine obscurité. Les caresses les yeux dans les yeux, les effusions au petit matin, l'attrait de l'élément visuel, autant de choses hors de mise et appartenant au passé. Et les boules pour les oreilles devenaient d'un usage universel, même chez les sauvages de l'Afrique centrale, qui découvraient l'efficacité en la matière des boulettes de boue pétries entre deux doigts. Ainsi équipés et plongés dans une obscurité bienheureuse, il ne restait plus aux deux partenaires qu'à s'oublier en oubliant la présence des Martiens, sans avoir à entendre leurs commentaires habituellement paillards.

Par contre, les relations sexuelles pré-et extramaritales n'avaient plus la même vogue, à cause du danger d'être montré du doigt par les petits censeurs toujours en éveil. Seuls s'y risquaient les éhontés à cent pour cent.

Et même dans le mariage, elles étaient quand même moins fréquentes, car on garde toujours un certain degré de *self-conscience*. Et que dire de la raréfaction du plaisir : invisible, le corps plaisant à boire des yeux ! — bouchées, les oreilles où murmurer d'audacieuses câlineries !...

Non, l'amour n'était plus ce qu'il avait été au bon vieux temps, mais au moins subsistait-il suffisamment pour assurer la continuité de la race.

# XIII

La porte du bureau du Dr Snyder était ouverte, mais Margie resta sur le seuil, jusqu'à ce que le docteur, ayant levé la tête, l'invitât à entrer. Puis il aperçut l'épais manuscrit dont elle était munie et ses yeux s'éclairèrent :

— Il a fini ?

Margie fit signe que oui.

— Et le dernier chapitre est aussi bon que le reste ?

— À mon avis, oui. Avez-vous le temps de lire ?

— Je vais le prendre. J'étais juste en train de rédiger des notes pour un rapport.

— Si vous avez de quoi faire un paquet, je le préparerai immédiatement pendant que vous lirez le double.

Tous deux s'occupèrent chacun de son côté Margie finit la première, puis le docteur tourna la dernière page :

— C'est excellent. C'est bon à la fois littérairement et commercialement. L'affaire est dans le sac. Dites-moi, vous êtes ici depuis un mois ?

— Un mois demain.

— Il a donc mis en tout cinq semaines. Vous voyez que votre présence ne l'a pratiquement pas ralenti.

Margie sourit.

— J'ai bien veillé à me tenir à l'écart pendant qu'il travaillait ; je n'avais pas de mal, puisque j'étais prise de mon côté. Il ne reste qu'à poster le paquet.

— N'attendez pas, Bernstein est impatient. Et maintenant, vous allez sans doute me quitter ?

— Que voulez-vous dire, docteur ? Vous n'êtes pas satisfait de mes services ?

— Vous savez bien que j'aimerais vous garder, Margie. Mais vous comprenez ce que je veux dire : pourquoi resteriez-vous ? En cinq semaines, votre mari a gagné de quoi vous faire vivre tous deux pour au moins deux ans. Votre salaire a payé le traitement de Luke et vous pourrez tenir, pour commencer, sur les avances que vous enverra Bernstein.

— Vous voulez vous débarrasser de moi, docteur ?

— Bien sûr que non, voyons. Mais je ne vois pas pourquoi on continuerait à travailler quand on n'en éprouve pas la nécessité. Pour ma part, je ne le ferais pas.

— Vraiment ? Avec le besoin que la race humaine a, plus que jamais, de soins comme les vôtres, vous vous retireriez si vous pouviez vous le permettre ?

Le Dr Snyder soupira.

— Admettons pour moi, mais une infirmière comme vous ?

— Je suis comme je suis. Et puis Luke ? Je ne vais pas partir en le laissant ici. Ou bien pensez-vous qu'il pourrait me suivre ?

Le Dr Snyder eut un soupir plus profond.

— Je vous avoue que c'est là mon sujet de préoccupation le plus constant — après les Martiens. Au fait, ils sont très sporadiques, en ce moment.

— Il y en avait six dans la chambre de Luke quand je suis allée y prendre le manuscrit.

— Que faisaient-ils ?

— Ils dansaient sur lui. Il est allongé sur son lit, en train de penser à son prochain livre.

— Il n'a pas l'intention de se reposer ? Je ne voudrais pas... (Le Dr Snyder eut un sourire en coin.) Je ne voudrais pas qu'il se surmène. Qu'arriverait-il si ses nerfs lâchaient ?

— Il a l'intention de s'accorder une semaine de repos, mais il veut auparavant mettre sur pied les grandes lignes de l'intrigue. Il dit que son subconscient travaillera dessus entre-temps et que cela lui facilitera les choses quand il se remettra à l'œuvre.

— Ainsi son subconscient ne se reposera-t-il à aucun moment. Il y a beaucoup d'écrivains qui agissent de cette façon ?

— J'en connais plusieurs. Mais à propos de ce temps de « congé », docteur, je voulais vous dire quelque chose.

— Allez-y.

— Luke et moi en avons parlé. Cela lui est égal de rester ici, mais à deux conditions. D'abord, que je sois moi aussi en congé en même temps. Et ensuite, qu'il puisse aller et venir sans être enfermé. Il veut que ce soit notre nouvelle lune de miel et il dit qu'il se reposera aussi bien qu'ailleurs pourvu qu'il ne se sente pas cloîtré.

— Accordé. Je ne vois aucune raison de le tenir enfermé. Il y a des moments où je me demande, Margie, si ce n'est pas lui le seul être sain d'esprit ici. En tout cas, c'est à coup sûr le mieux adapté... et celui qui gagne de l'argent le plus vite. Vous êtes renseignée sur ce nouveau livre ?

— Il se passera dans le Nouveau-Mexique en 1847. Il dit qu'il lui faudra faire des recherches historiques.

— L'assassinat du gouverneur Bent. Période très intéressante. J'ai des livres qui pourront lui venir en aide.

— Bravo, cela m'épargnera une excursion à la bibliothèque municipale.

Margie Devereaux parut sur le point de partir, puis se ravisa :

— Docteur, il y a encore une chose qui me préoccupe. Que pense Luke réellement ? Je prends garde de ne pas lui en parler, mais enfin la conversation peut un jour tomber sur les Martiens, et que lui dirai-je ? Il sait que je les vois et les entends. Je ne peux pas m'empêcher de sursauter au moins une fois de temps en temps. Et il sait que je tiens à l'obscurité et aux boules pour les oreilles quand... euh...

— Quand c'est indiqué, suggéra le Dr Snyder.

— Oui. Mais alors, me croit-il folle ? Croit-il que tout le monde est fou sauf lui ?

Le Dr Snyder retira ses lunettes pour en frotter les verres.

— Il m'est difficile de répondre, Margie.

— C'est difficile à expliquer ou vous ne connaissez pas la réponse ?

— Un peu les deux. J'ai beaucoup parlé avec Luke, au début. Lui-même est tout ce qu'il y a de plus perplexe. Il n'existe pas de Martiens : cela, il en est sûr. Il a été fou ou a souffert d'hallucination le temps qu'il en a vu. Mais il ne peut comprendre pourquoi — si tous les autres gens sont en proie à une hallucination collective — il est le seul à avoir recouvré sa lucidité.

— Donc, il pense que nous sommes tous fous.

— Croyez-vous aux fantômes, Margie ?

— Ma foi non.

— Des millions de gens y croient. Et des milliers en ont vu, les ont entendus, leur ont parlé, ou du moins ils le pensent. Eh bien, si vous vous jugez saine d'esprit, en déduisez-vous que tous ceux qui croient aux fantômes sont fous ?

— Bien sûr que non. Mais le cas est différent. Ceux qui voient des fantômes sont juste des gens imaginatifs.

— Et nous, nous sommes des gens imaginatifs qui croyons voir des Martiens.

— Mais voyons… *tout le monde* voit des Martiens. Sauf Luke.

Le Dr Snyder haussa les épaules.

— Quoi qu'il en soit, c'est là son raisonnement, si je puis employer ce mot. L'analogie avec les fantômes est de lui, et elle n'est pas mauvaise. J'ai des amis qui sont certains d'avoir vu des fantômes, je ne conclus pas pour cela à leur folie, ni à la mienne parce que moi je n'en ai pas vu.

— Mais on ne peut pas photographier de fantômes, on ne peut pas enregistrer leurs voix.

— Certains prétendent que si. Lisez les livres traitant de métapsychique. Tout cela pour dire que la comparaison de Luke n'est pas illogique.

— En somme vous ne le croyez pas fou ?

— Si, il l'est forcément, puisque c'est ou lui, ou nous !

— Tout cela ne m'aidera guère s'il vient à m'en parler, soupira Margie.

— Peut-être n'en aura-t-il jamais envie. Avec moi, il ne le faisait qu'à contrecœur. Si le cas se présente, contentez-vous de l'écouter sans essayer de discuter ni de plaisanter. Mais si son comportement change en quoi que ce soit, vous me prévenez.

— Entendu, bien que je n'en voie pas la nécessité, puisque vous avez décidé de ne pas lui faire suivre de traitement.

Le docteur fronça les sourcils.

— Ma chère Margie, votre mari est fou, ne l'oubliez pas. Jusqu'ici sa forme de folie est plutôt avantageuse — il est probablement l'homme le plus heureux de la terre —, mais sait-on jamais : si cette folie *changeait* de forme ?...

— Autre chose que la paranoïa ?

— Non, mais une autre illusion moins agréable.

— Comme de croire de nouveau aux Martiens, mais plus aux humains ?

— Hum ! Un peu excessif comme retournement. Mais il pourrait en venir... à ne plus croire ni aux uns ni aux autres.

— Vous plaisantez ?

— Hélas, non. C'est une forme courante de

paranoïa. Sans parler de la philosophie du solipsisme : le soi est la seule réalité et le monde qui vous entoure n'est qu'apparence.

— Vous parlez comme mon professeur au collège. Je me rappelle, c'est un système assez tentant.

— Et impossible à réfuter. Et pour un paranoïaque, c'est une croyance à portée de la main. Comme Luke a commencé par les Martiens, vous voyez qu'il ne lui reste plus qu'un pas à faire.

— Et il en court le risque ?

— Je veux dire que c'est une simple possibilité, ma chère. Mais vous voilà prévenue : surveillez-le attentivement.

— Entendu, docteur, et merci, merci pour tout.

Margie se leva et partit en emportant le paquet qui contenait le manuscrit.

Le Dr Snyder la regarda sortir et demeura songeur, les yeux fixés sur l'embrasure de la porte où elle venait de disparaître. Il émit un soupir encore plus profond que précédemment.

Non, quel verni, ce Devereaux ! Imperméable aux Martiens… et marié à une fille pareille. Tant de chance pour un seul homme, ce n'était pas juste.

Le Dr Snyder pensa mélancoliquement à sa propre femme…

C'est-à-dire que non, il ne voulait *pas* penser à sa propre femme.

Pas après avoir eu sous les yeux la personne de Margie Devereaux.

Résigné, il se saisit d'un stylo et continua à mettre à jour ses notes sur le rapport qu'il ferait ce soir-là, à la réunion du comité du F.P.A.M. auquel il appartenait.

## XIV

Le F.P.A.M. (Front psychologique anti-martiens) était alors — courant juillet, quatre mois après l'Arrivée — en plein essor. Le seul ennui était que cet essor ne menait nulle part.

Le F.P.A.M. réunissait les plus éminents psychologues et psychiatres. Dans chaque pays s'était formée une organisation similaire. Toutes ces organisations communiquaient les résultats de leurs recherches à une branche spéciale et nouvellement créée des Nations-Unies : l'O.C.E.P. (Office pour la coordination de l'effort psychologique), dont le rôle principal était de diffuser les rapports en toutes les langues.

Les membres du F.P.A.M. ou des organismes correspondants étaient volontaires et bénévoles. Par bonheur, ils appartenaient à une corporation qui faisait des affaires d'or, aussi l'absence de rétribution n'importait pas.

Ils ne se réunissaient pas en conventions. Qui disait foule disait foule de Martiens… et dès lors, impossibilité d'échanger des discours. La plupart travaillaient seuls et faisaient leurs rapports par correspondance, tout en se servant de leurs patients comme sujets d'expériences.

Dans un sens, il y avait progrès : moins de gens sombraient dans la folie. Peut-être était-ce tout simplement que toutes les têtes un peu faibles avaient déjà choisi ce refuge, mais l'opinion la plus en vigueur en voyait la cause dans le soutien moral accru que les psychologues pouvaient donner aux gens sains d'esprit. Pour garder, son équilibre mental, affirmaient-ils, il suffisait d'ignorer les Martiens et, une fois de temps à autre seulement, de diriger contre eux un accès de rage, sous peine de perdre la tête comme exploserait une marmite sans soupape de sûreté.

Autre règle d'or : ne pas essayer de frayer avec les Martiens. Des personnes de bonne volonté avaient essayé, au début, de s'en faire des amis, et étaient devenues folles en masse. Certaines poursuivaient encore leurs efforts. (Quelques-unes, de saintes âmes et des cerveaux remarquablement stables, ne devaient jamais cesser.)

Ce qui rendait impossible toute « relation » avec les Martiens était leur bougeotte perpétuelle. Aucun d'eux ne s'attardait plus d'un moment dans un endroit. Peut-être un humain doué d'une patience admirable aurait-il pu, à la longue, se mettre sur un pied d'amitié avec un Martien, à la condition de pouvoir entretenir un contact prolongé précisément avec un Martien donné.

Or, il n'existait pas de Martien *donné.* Il n'y avait que des Martiens à la chaîne, tous différents. Et d'ailleurs, les gens qui essayaient la gentillesse changeaient de Martiens à une cadence encore plus rapide que ceux qui les injuriaient. La gentillesse les ennuyait. Leur élément, c'était la discorde ; là seulement ils se mouvaient à l'aise.

Mais nous nous écartons du F.P.A.M.

D'autres membres préféraient travailler en petits comités, notamment ceux qui étudiaient (enfin, qui essayaient d'étudier) la psychologie des Martiens, car la présence de ceux-ci autour d'eux devenait alors un avantage.

C'était à un tel comité, composé de six membres, qu'appartenait le Dr Ellicott H. Snyder. Maintenant, ses notes en vue de la réunion étaient terminées, et il s'apprêta à dactylographier son rapport. Il n'avait pas besoin de lire sa conférence quand il en prononçait une, mais il ne fallait pas perdre de vue l'éventualité où le tapage des Martiens rendrait tout discours impossible : auquel cas le texte passerait de main en main. Et si les membres du comité en approuvaient le contenu, il serait transmis à un échelon supérieur et promis à la considération de ses confrères, sinon même à la publication. Or, ce rapport-là méritait sans doute possible la publication.

# XV

Le rapport du Dr Snyder commençait ainsi :

*À mon point de vue, la seule faiblesse psychologique des Martiens, leur talon d'Achille, est leur incapacité congénitale à mentir.*

*Je sais que cette question a déjà été discutée. Selon certains — en particulier mes confrères russes — les Martiens seraient au contraire capables de mentir, mais se feraient une règle de toujours dire la vérité sur nos affaires, de n'être jamais pris en flagrant délit de mensonge, et cela pour deux raisons. D'abord, pour rendre leurs bavardages plus désagréables et plus efficaces, à partir du moment où nous ne pouvons douter de ce qu'ils nous disent. Ensuite, pour nous pousser à croire par assimilation au Grand Mensonge inconnu qu'ils nous font au sujet de leur nature et de leurs desseins. Cette idée d'un Grand Mensonge semble plus naturelle à nos amis russes qu'à nous-mêmes. C'est qu'à force d'avoir vécu personnellement sous le règne du Grand Mensonge…*

Le Dr Snyder s'arrêta de taper, relut sa dernière phrase inachevée, puis la barra. Si ce rapport devait avoir une audience internationale, il ne fallait se mettre à dos aucun lecteur.

*Pour ma part, je crois cependant qu'il est simple de prouver, grâce à un seul argument logique, que les Martiens non seulement ne mentent pas, mais en sont incapables.*

*Leur but manifeste est de nous harceler le plus possible.*

*Or, ils ne nous ont jamais fait la seule déclaration qui porterait à son comble notre infortune et l'entraînerait au-delà de toute limite : ils ne nous ont jamais dit qu'ils avaient* l'intention de rester ici en permanence. *Depuis la Nuit de l'Arrivée, leur seule réponse, quand ils daignaient en faire une, à nos questions sur la durée de leur séjour et l'éventualité de leur départ, consistait à nous dire que ce n'était « pas nos oignons » ou autres termes de ce genre.*

*Pour nous tous, la seule raison de vivre qui reste est* l'espoir, *l'espoir qu'un jour, peut-être demain, peut-être dans dix ans, les Martiens nous quitteront pour ne jamais revenir. Leur arrivée fut si soudaine et inattendue que ce seul fait permet d'envisager un départ dans les mêmes conditions.*

*Si les Martiens pouvaient mentir, il est impensable de supposer qu'ils ne nous affirmeraient pas qu'ils doivent rester pour toujours. Donc, ils ne peuvent pas mentir.*

*Et le corollaire bienvenu de cette proposition est le suivant : il devient immédiatement évident que leur séjour ici ne sera pas perpétuel et qu'ils le savent. Car, s'il devait l'être, ils ne manqueraient pas de nous le faire savoir dans le but d'ajouter à nos maux et...*

Un ricanement suraigu troua le tympan du Dr Snyder, à quelques centimètres de son oreille. Il sursauta, mais ne tourna pas la tête, sachant que celle du Martien serait à une proximité intolérable de la sienne.

— T'es un petit futé, Toto. Et tordu sur les bords.

— C'est parfaitement logique, fit le Dr Snyder. C'est absolument prouvé. Vous ne pouvez pas mentir.

— Tu crois, Toto ? Alors, écoute ça : *je peux mentir*. Essaie de voir la logique qu'il y a là-dedans.

Le Dr Snyder essaya de voir ladite logique, et gémit. Si un Martien disait qu'il pouvait mentir, de deux choses l'une : ou bien il disait vrai et dans ce cas il pouvait mentir, ou bien il mentait et dans ce cas...

Un hurlement de rire retentit à son oreille.

Puis ce fut le silence. Le Dr Snyder arracha la feuille de la machine, résista à la tentation d'en faire une cocotte en papier, et se mit à la déchirer en menus morceaux. Puis il les jeta dans la corbeille à papiers et enfouit sa tête dans ses mains.

— Dr Snyder, vous vous sentez bien ?

La voix de Margie.

— Oui, Margie. (Il releva la tête et se composa un visage : elle parut ne rien remarquer d'anormal.) J'avais les yeux fatigués, expliqua-t-il.

— Le manuscrit est envoyé. Et il n'est que quatre heures. Avez-vous besoin de moi avant que je me mette en congé ?

— Non, merci.

— Vous avez fini de rédiger votre rapport ?

— J'ai fini, oui.

— Très bien.

Elle s'en alla, et il entendit décroître le cliquetis de ses talons.

Il se leva, presque sans effort. Il se sentait terriblement las, découragé, inutile. Il avait besoin d'un somme. Dormir. Même s'il manquait son dîner et la réunion, à quoi bon ? C'était de sommeil qu'il avait besoin, non de nourriture ou de discussions stériles.

Il se traîna jusqu'au second étage. En passant devant la chambre de Luke, il pensa à lui. Le verni. À l'intérieur, occupé à réfléchir ou à lire. Parfaitement indifférent à tous les Martiens du monde…

Parfaitement heureux, parfaitement adapté. Qui était fou, Luke ou tous les autres ?

Et en possession de Margie, en plus.

Il méritait d'être jeté aux loups, à tous les psychiatres qui expérimenteraient sur lui, qui le rendraient aussi misérable que tout le monde en essayant de le soigner, ou qui donneraient à sa folie une tournure moins bienheureuse.

Il le méritait, mais le Dr Snyder ne se sentait pas le courage d'en venir là.

Il se rendit à sa chambre — celle dont il se servait quand il ne voulait pas rentrer chez lui — et en referma la porte.

Puis il téléphona à sa femme :

— Ne m'attends pas ce soir, chérie. Je ne rentrerai pas dîner.

— Quelque chose qui ne va pas, Ellicott ?

— Non, je suis simplement vanné. Je vais essayer de dormir un peu. Tant mieux si je ne me réveille pas avant demain.

— Et ta réunion ce soir ?

— Elle n'est pas indispensable. Mais si je suis réveillé pour y aller, je rentrerai à la maison après.

— Très bien, Ellicott. Ici, les Martiens ont été particulièrement odieux aujourd'hui. J'en ai trouvé deux en train de faire devine quoi ?

— Je t'en prie, ma chérie. Ne me parle pas de Martiens. Une autre fois, si tu veux. Au revoir, chérie.

Il raccrocha et contempla dans un miroir un visage d'obsédé — le sien. Puis il téléphona de nouveau à l'adresse de la standardiste :

— Doris ? Qu'on ne me dérange sous aucun prétexte. S'il y a des appels, je suis parti.

— Bien, docteur. Pour combien de temps ?

— Jusqu'à ce que je vous rappelle. Et si je ne l'ai pas fait à la fin de votre service, transmettez la consigne à Estelle. Merci.

De nouveau son visage dans le miroir. Les yeux caves, les cheveux deux fois plus grisonnants que quatre mois plus tôt.

« Alors, se dit-il silencieusement, les Martiens ne peuvent pas mentir, hein ? »

Et son esprit en arriva à l'horrible conclusion latente. Si les Martiens *pouvaient* mentir, leur silence au sujet de la durée de leur séjour ne prouvait pas que celui-ci dût être provisoire.

Peut-être éprouvaient-ils un plaisir plus sadique encore à nous laisser vivre d'espoir, afin de continuer à jouir de nos peines plutôt que d'anéantir l'humanité en brisant cet espoir. Si tout le monde se suicidait ou devenait fou, il n'y aurait plus de plaisir.

Et la logique de son raisonnement était pourtant si belle et si simple...

L'esprit embrumé, il ne put sur le moment se souvenir du grain de sable... Ah ! oui, si quelqu'un dit qu'il peut mentir et ne ment pas en disant cela, alors il peut effectivement mentir ; mais dans ce cas, il ment peut-être en affirmant qu'il peut mentir, et alors il ne peut *pas* mentir ; et s'il ne peut pas, il est impossible qu'il ait menti en disant qu'il pouvait mentir...

Avec le vertige, le Dr Snyder laissa errer son esprit dans le cercle aux parois duquel il se cognait. Puis il renonça et alla s'allonger sur le lit après avoir enlevé sa veste, sa cravate et ses chaussures.

Il ferma les yeux...

Un instant plus tard, il faisait un bond de presque un mètre au-dessus du lit : deux gigantesques, monumentaux éclats de rire avaient éclaté simultanément dans chacune de ses oreilles. Il avait oublié ses boules.

Il se leva pour les mettre, puis retourna sur le lit.

Cette fois, il dormit.

Et même il rêva.

De Martiens.

# XVI

Le front scientifique contre les Martiens était moins organisé que le front psychologique, mais encore plus actif. Les psychologues et psychiatres, les mains pleines de clients, ne pouvaient que consacrer un temps épisodique à la recherche et l'expérimentation. Les savants, au contraire, étudiaient les Martiens sans discontinuer.

La recherche dans tout autre domaine était au point mort.

Chaque grand laboratoire du monde était sur la brèche : Brookhaven, Los Alamos, Harwich, Braunschweig, Sumigrad, Troitsk et Tokuyama, pour n'en citer que quelques-uns.

Sans parler des greniers, des caves ou des garages de tous les particuliers qui avaient des prétentions dans n'importe quelle branche de la science ou de la pseudo-science. Électricité, électronique, chimie, magie blanche et magie noire, alchimie, radiesthésie, biotique, optique, sonique et supersonique, typologie, topologie et toxicologie : tels étaient quelques moyens d'attaque utilisés entre cent.

Il *fallait bien* que les Martiens eussent un point faible. Il existait certainement *quelque chose* dont l'effet sur un Martien serait de lui faire dire : « Ouf. »

Ils furent bombardés de rayons alpha, et de rayons bêta, gamma, delta, zêta, êta, thêta et oméga.

Ils furent, quand l'occasion s'en présentait (il leur était indifférent de servir de sujets d'expériences), soumis à des décharges électriques de l'ordre de multi-millions de volts, à des champs magnétiques forts et à des champs magnétiques faibles, à des microvagues et à des macrovagues.

Ils furent plongés dans un froid proche du zéro absolu et dans la plus haute chaleur à laquelle nous pouvions atteindre : celle de la fission nucléaire. (Non, cette dernière expérience ne fut pas réalisée en laboratoire... Une expérience avec la bombe H prévue pour avril eut lieu malgré leur arrivée, après délibération des autorités. Puisqu'ils connaissaient tous nos secrets, il n'y avait rien à perdre. Et on espérait plus ou moins qu'il se trouverait des Martiens à proximité quand la bombe serait lâchée. Le résultat dépassa les espérances : la bombe tomba avec un Martien assis dessus. Après l'explosion, il couima sur le pont d'un navire amiral, l'air profondément dégoûté, et demanda au commandant : « C'est tout ce que tu as de *mieux* en fait de pétard, Toto ? »)

Ils furent photographiés, à titre d'étude, avec toutes les catégories de lumières qui peuvent être imaginées : infrarouges, ultraviolets, éclairage fluorescent, lampe sodium, arc au carbone, bougie, phosphorescence, soleil, clair de lune, clarté des étoiles.

Ils furent arrosés de tous les liquides connus, y compris l'acide prussique, l'eau lourde, l'eau bénite et le fly-tox.

Les sons qu'ils émettaient — vocaux ou autres — furent enregistrés avec tous les procédés existants.

On les étudia au microscope, au télescope, au spectroscope et à l'iconoscope.

Résultats pratiques : nuls. Aucun savant ne fit à aucun Martien le moindre effet, même d'inconfort passager.

Résultats théoriques : négligeables. On apprit sur eux très peu de choses outre ce que l'on savait déjà.

Ils reflétaient la lumière seulement dans les longueurs d'onde comprises à l'intérieur du spectre visible. Toutes les radiations pourvues d'une autre longueur d'onde les traversaient sans en être affectées ni déviées. Ils ne pouvaient être détectés ni par les rayons X, ni par les ondes radio, ni par le radar.

Ils n'avaient aucun effet sur les champs magnétiques ou gravitationnels. Et aucune forme d'énergie ou de matière solide, liquide ou gazeuse n'avait d'effet sur eux.

Ils n'absorbaient pas les sons et ne les réfléchissaient pas, mais ils pouvaient en produire. On pouvait photographier la lumière réfléchie par eux comme on enregistrait leurs sons. C'était là le côté le plus stupéfiant, puisqu'ils n'étaient pas là au sens réel et tangible.

Aucun savant, par définition, ne croyait qu'ils fussent des démons ou autre chose de ce genre. Mais beaucoup pensaient qu'ils ne venaient pas de Mars, ni même de notre univers. Ils représentaient une autre sorte de « matière » (si ce mot peut être employé) et ils devaient être issus de quelque autre univers où les lois de la nature fussent totalement différentes. Peut-être même d'une autre dimension.

Ou bien c'était eux-mêmes qui possédaient moins ou plus de dimensions que nous.

Ils pouvaient être à deux dimensions et sembler en posséder une troisième, effet d'illusion dû à leur existence dans un univers tridimensionnel. Les personnages sur un écran de cinéma ont l'air d'avoir trois dimensions jusqu'à ce qu'on veuille en saisir un par le bras.

Ou bien ils pouvaient être les projections, dans notre univers tridimensionnel, d'êtres à quatre ou cinq dimensions, et leur intangibilité aurait alors été le fait de ces dimensions supplémentaires inconcevables pour notre esprit.

## XVII

Luke Devereaux s'éveilla, s'étira, bâilla, l'esprit bienheureux et le corps détendu. C'était le troisième matin de sa semaine de vacances, après la plus belle performance de sa carrière d'écrivain.

Il ne se tracassait pas au sujet de son prochain livre. Il avait déjà l'intrigue bien en tête, et sans l'insistance de Margie, il s'y serait attelé sans attendre. Ses doigts le démangeaient.

Mais il y avait sa seconde lune de miel, et c'était merveilleux. Presque aussi merveilleux que la première fois.

*Presque* aussi merveilleux ? Pourquoi seulement « presque » ? Il éluda le sens de cette restriction. Son esprit fuyait ce qu'elle contenait. Il ne *tenait* pas à savoir.

Mais pourquoi ne tenait-il pas à savoir ? La question se situait à un degré au-dessus de la précédente, mais restait vaguement troublante.

Il sentit qu'il réfléchissait et qu'il n'aurait pas dû réfléchir. Cela pouvait tout gâter. Peut-être était-ce pour y échapper qu'il avait travaillé avec cet acharnement ?

Mais pour échapper à l'idée de quoi ? Son esprit éluda de nouveau la réponse.

Et alors, tandis que les dernières brumes du sommeil se dissipaient, cette réponse fut là, à portée de sa pensée.

Les Martiens.

Regarder en face le fait qu'il avait tenté d'annuler mentalement : le fait que tout le monde les voyait sauf lui. Et la conclusion qui s'en dégageait : ou il était fou (et il savait que non), ou tous les autres l'étaient.

Aucune des deux solutions n'avait de sens, cependant il fallait bien que l'une d'entre elles fût exacte. Et lui, depuis qu'il avait vu son dernier Martien, cinq semaines plus tôt, il avait élevé un mur entre cette partie de sa pensée et son activité réfléchie, il avait enfoui dans les sables de son inconscient cet atroce paradoxe, dont la claire notion aurait pu le ramener à la folie et de nouveau le pousser à voir…

Il ouvrit les yeux craintivement et regarda autour de lui. Pas de Martiens dans la chambre. Forcément, puisqu'il n'existait *pas* de Martiens. De cela, il était absolument, immensément certain, sans savoir au juste la raison de cette certitude.

Et il n'était pas moins certain d'être sain d'esprit.

Se retournant, il considéra Margie. Elle dormait encore, paisible, le visage d'une enfant innocente, ses cheveux de miel répandus sur l'oreiller. Le drap qui avait glissé découvrait la pastille rose d'un sein adorable et Luke, appuyé sur un coude, se pencha pour y poser ses lèvres. Très doucement, pour ne pas l'éveiller, car il était encore très tôt. Et aussi pour ne pas éveiller ses sentiments à lui, car l'expérience des semaines passées lui avait appris qu'on ne pouvait rien faire avec elle en plein jour. Seulement la nuit, alors qu'elle avait ces saletés dans les oreilles, qui empêchaient qu'on lui parle. Toujours les sacrés Martiens ! Mais après tout, ils n'étaient plus de frais époux en lune de miel toute neuve ; et, à trente-sept ans, il n'était plus trop vaillant au petit matin.

Il se rallongea, fermant les yeux, mais il savait qu'il n'allait pas se rendormir.

Au bout d'un moment, il se sentit plus éveillé que jamais, aussi se leva-t-il précautionneusement et s'habilla-t-il sans bruit. Il était six heures et demie. Il irait faire une promenade matinale.

Il sortit sur la pointe des pieds, en refermant silencieusement la porte. Il pouvait aller et venir comme bon lui semblait, maintenant qu'il n'était plus confiné dans sa chambre. Il descendit jusqu'au parc.

Dehors, il faisait clair et frais, presque frisquet. Même en août, l'aube peut être froide en Californie du Sud. Luke grelotta un peu sous sa veste de sport. Mais le soleil déjà brillant allait monter. Il n'avait qu'à marcher un peu pour se dégourdir.

Il longea la clôture haute de deux mètres, avec la tentation fugitive de l'escalader pour partir faire un tour dans la nature, en pleine liberté. Mais si le Dr Snyder s'en apercevait, il serait capable de supprimer le régime de faveur dont il bénéficiait.

Arrivé à un tournant, il vit qu'il n'était pas seul. Un petit homme à la grande barbe noire était assis sur un banc non loin de là. Il portait des lunettes cerclées d'or et était tiré à quatre épingles, avec des escarpins noirs où s'emboîtaient des guêtres gris perle. Luke l'observa avec curiosité. L'autre regardait dans sa direction, mais fixait un point quelque part au-dessus de son épaule.

— Belle journée, fit Luke. (Maintenant qu'il avait fait halte, il eût été impoli de passer outre.)

Le barbu ne répondit pas, l'œil toujours fixé par-delà l'épaule de Luke. Ce dernier se retourna et ne vit qu'un arbre. Il n'aperçut nul oiseau, nul nid qui pût être l'objet de cette contemplation.

Il regarda l'homme de nouveau : il avait toujours la même attitude. Était-il sourd ou... ?

— Excusez-moi... dit Luke.

Pas de réponse.

Un soupçon affreux l'envahit. Il s'avança, toucha l'épaule de l'homme. Il sentit celle-ci frémir légèrement. Le barbu leva une main et l'y passa machinalement, sans détourner son regard.

Luke se demanda quelles seraient ses réactions s'il l'empoignait et le jetait par terre. Au lieu de cela, il se contenta de passer sa main dans un mouvement de va-et-vient devant les yeux de l'homme. Celui-ci cligna des paupières, ôta ses lunettes, se frotta les yeux l'un après l'autre, puis remit les lunettes et reprit sa faction.

Luke s'éloigna en frissonnant.

« Ciel, pensa-t-il, il ne me voit pas, ne m'entend pas, ne sait pas que j'existe. Tout comme moi je...

« Pourtant quand je l'ai touché, il l'a senti, seulement...

« Mécanisme névrotique de refus, m'a expliqué

le Dr Snyder, quand je lui ai demandé pourquoi, si les Martiens existaient vraiment, je ne les distinguais pas au moins comme des taches opaques, même ne les voyant pas en tant que Martiens.

« Et il m'a expliqué que je...

« Exactement comme cet homme... »

Il s'assit sur le banc d'après. À vingt mètres de là, le barbu n'avait toujours pas bougé et considérait son arbre.

« Est-ce qu'il regarde quelque chose qui n'existe pas ?

« Ou qui existe pour lui et pas pour moi, et dans ce cas, lequel de nous deux a raison ?

« Et est-ce lui qui a raison quand pour lui je n'existe pas ?

« Non, j'existe, je sais au moins cela. Je pense, donc je suis.

« Mais comment savoir que *lui* existe ?

« S'il était un produit de mon imagination ? »

Solipsisme idiot pour adolescent découvrant le monde.

Mais quand les autres et vous se mettent à voir les choses différemment — ou à voir des objets différents — cela donne à réfléchir.

Le cas de l'homme à la barbe, en lui-même, n'avait pas de signification. Rien qu'un toqué parmi d'autres. Mais c'était le catalyseur qui avait mis le cerveau de Luke dans l'état d'effervescence voulue.

Et cette piste était peut-être la bonne.

Il se rappela sa nuit de beuverie en compagnie de Gresham. Juste avant de tomber ivre mort, il avait aperçu un Martien qu'il avait injurié. Il lui avait dit : « Je vous ai *inventés*. »

Alors ?

Si c'était vrai ? Si son esprit, sous le coup de l'alcool, avait fait une découverte qui lui avait échappé à l'état lucide ?

Si le solipsisme n'était *pas* idiot ?

Si l'univers, si chaque chose et chaque personne n'étaient que des produits de l'imagination de Luke Devereaux ?

« Si moi, Luke Devereaux, j'avais *réellement* inventé les Martiens, ce soir-là, dans la cabane de Carter Benson en plein désert près d'Indio ? »

Luke se leva et se remit à marcher, plus vite, pour suivre le rythme de sa pensée. De toutes ses forces, il évoqua cette soirée. Juste avant qu'on cognât à sa porte, il venait d'être saisi d'une idée pour son fameux roman de science-fiction. Il venait de se demander : « Et si les Martiens... »

Mais il ne put se rappeler le reste de son idée. Le Martien frappant à la porte en avait interrompu le cours.

Interrompu ?

Et si, avant même d'être parvenue au niveau de sa pensée consciente, l'idée avait déjà creusé son chemin dans son subconscient ? Une idée comme : *Si les Martiens étaient de petits hommes verts, visibles, audibles, mais intangibles, et que d'ici une seconde il y en ait un qui frappe à cette porte et dise : « Salut, Toto. C'est bien la Terre, ici ?... »*

Si tout était parti de là ?

Pourquoi non ?

Eh bien, pour au moins une raison, à vrai dire : il avait imaginé des centaines d'intrigues — en comptant à la fois romans et nouvelles — sans en voir pour cela une seule se réaliser à la seconde même où elle lui venait en tête.

Mais si, ce soir-là, les conditions avaient différé ? Si, sous l'empire de la fatigue intellectuelle et de la crampe de l'écrivain, il s'était produit une fausse manœuvre dans son cerveau, dans cette part de son cerveau qui lui faisait discerner l'univers imaginatif « réel », *projeté* par son esprit, de l'univers imaginatif « fictif », *inventé* par celui-ci ?

Absurde, mais logique.

Mais dans ce cas, que s'était-il passé lorsque, cinq semaines plus tôt, il avait brusquement cessé de « croire » aux Martiens ? Et pourquoi les autres gens — si eux aussi étaient un produit de son imagination — continuaient-ils à voir une chose en laquelle il ne croyait plus, qui par conséquent n'existait plus ?

Il trouva un autre banc où s'asseoir. Là, le problème était malaisé.

Mais peut-être pas tellement. Cette nuit datant de cinq semaines, son esprit avait reçu un choc. Il ne se rappelait pas quoi, il savait simplement que c'était lié à un Martien. Mais vu l'effet produit — l'état catatonique où il s'était trouvé plongé — ce devait être un choc de taille.

Eh bien, peut-être ce choc avait-il chassé de son conscient la croyance aux Martiens, sans débarrasser son subconscient de la confusion entre les deux univers imaginatifs. Il n'était pas paranoïaque, mais schizophrène. Une part de son esprit — la part consciente, pensante — ne croyait pas aux Martiens, sachant qu'ils n'avaient jamais existé. Mais la part profonde, celle du subconscient créateur et entreteneur d'illusions, n'avait pas reçu le message ; elle continuait à accepter les Martiens comme aussi réels que le reste, et ainsi faisaient donc les êtres humains, nés pareillement de son imagination à ce niveau.

Sous le coup de l'excitation, il se remit debout et recommença à marcher rapidement.

C'était simple comme bonjour. La seule chose à faire, c'était de communiquer le message à son subconscient.

Se sentant un peu ridicule, il émit intérieurement un message : *Hé, les Martiens n'existent pas. Les autres gens ne doivent pas les voir.*

Cela avait-il réussi ? Il allait le savoir.

Il était arrivé à l'extrémité du parc et il fit demi-tour vers les cuisines. Le petit déjeuner serait prêt maintenant et il pourrait juger, à observer les faits et gestes des gens, s'ils voyaient encore ou non les Martiens.

Il regarda sa montre. Il n'était que 7 h 10 et le premier service ne serait que dans vingt minutes. Mais il y avait une table et des chaises à la cuisine et à partir de 7 heures, on avait le droit de s'y faire servir du café avant l'heure régulière.

Il entra. Le cuisinier était à son fourneau, son aide préparait un plateau pour un des malades gardés sous clé. Les deux infirmières qui aidaient à servir à table n'étaient pas en vue ; sans doute dressaient-elles les couverts dans la salle à manger.

Deux malades étaient attablées devant du café : deux femmes d'âge mûr, l'une en peignoir de bain et l'autre en robe de chambre.

Tout semblait calme et paisible ; aucune agitation. Preuve indirecte que personne ici ne *voyait* de Martiens pour le moment.

Il alla se verser une tasse de café et s'installa. Margie l'avait présenté la veille à l'une des deux femmes.

— Bonjour, Mrs. Murcheson, fit-il.

— Bonjour, Mr. Devereaux. Votre charmante femme dort encore ?

— Oui. Je me suis levé dc bonne heure pour marcher un peu. Le temps est splendide.

— On dirait. Vous connaissez Mrs. Randall ?

Luke émit un murmure poli.

— Ravie de vous connaître, Mr. Devereaux, dit l'autre dame âgée. Si vous venez du parc, vous avez peut-être vu mon mari. Cela m'éviterait d'avoir à le chercher partout.

— J'ai vu un monsieur à barbe, très bien habillé, répondit Luke.

— C'est lui !

— Il était près du coin nord, sur un banc, l'air fasciné par un arbre.

Mrs. Randall soupira.

— Sans doute en train de préparer son grand discours. Cette semaine, il croit qu'il est Malblanshi, le pauvre cher homme. (Elle quitta la table.) Je vais lui dire que le café est prêt.

Luke ouvrait la bouche pour proposer d'y aller, quand il se rappela que le personnage ne le voyait pas. Sans doute sa femme, elle, bénéficiait-elle d'un régime spécial lui octroyant une existence visible.

Quand elle fut partie, Mrs. Murcheson posa la main sur le bras de Luke :

— Un couple si agréable. Quelle tristesse !

— Elle semble agréable, mais lui, je n'aimerais pas le rencontrer. Ils sont tous les deux… euh ?…

— Bien sûr. Mais chacun croit que c'est l'autre qui l'est et pense être ici pour en prendre soin. (Elle se pencha plus près.) Mais j'ai mes soupçons, Mr. Devereaux. Pour moi, ce sont tous deux des espions, qui font *semblant* d'être fous. *Des espions vénusiens !*

Elle faisait siffler les *s* en parlant ; Luke dut feindre de s'essuyer la bouche pour débarrasser sa joue des postillons.

Gêné, il changea de sujet :

— Qu'a-t-elle dit ? Pourquoi son mari est-il mécontent du blanchissage cette semaine ?

— Il ne s'agit pas de blanchissage, Mr. Devereaux. Il se prend pour Malblanshi.

Un nom ? Il disait quelque chose à Luke, mais celui-ci ne le situait pas. Il n'insista pas, car il préférait partir avant le retour du couple Randall au complet. Il finit donc sa tasse et se retira en s'excusant, disant qu'il allait voir si sa femme était debout pour le petit déjeuner.

Il s'était éclipsé juste à temps. Les Randall étaient en vue lorsqu'il sortit.

À la porte de leur chambre, il entendit que Margie était levée. Il frappa doucement afin de ne pas la surprendre, puis entra.

— Luke ! (Elle jeta ses bras autour de lui et l'embrassa.) Tu es allé te promener dans le parc ?

Elle était en culotte et soutien-gorge, et la robe qu'elle avait jetée sur le lit pour libérer ses mains à l'entrée de Luke attendait d'être enfilée.

— Oui, et j'ai terminé par une tasse de café. Finis de t'habiller, nous serons juste à l'heure pour le premier service. Il s'assit et l'observa, tandis qu'elle procédait à l'habituelle série de contorsions qui font d'une femme entrant la tête, puis le corps, dans une robe, un spectacle fascinant.

— Margie, qui est Malblanshi ?

De l'intérieur de la robe, sortit un son étouffé. La tête de Margie émergea du décolleté, et elle regarda Luke avec incrédulité tout en faisant glisser la robe le long de ses hanches.

— Luke, tu ne lis donc pas les jour... ? C'est vrai, au fait, tu ne les lis pas. Mais enfin, tu les lisais autrefois. Tu devrais bien te rappeler qui est Yato Malblanshi !

— J'y suis, fit Luke. (Le nom et le prénom accolés le renseignaient.) Pourquoi ? On a davantage parlé de lui ces temps derniers ?

— Davantage ? Mais on ne parle *que de lui*, Luke, depuis trois jours. Il va faire un discours à la radio demain, qui s'adressera au monde entier. Il veut que *tout le monde* l'écoute.

— Un discours ? Mais je croyais que vous pensiez que les Martiens... enfin, je croyais que les Martiens les interrompaient.

— Plus maintenant, Luke. Il y a *enfin* un avantage que nous ayons pris sur eux. On vient d'inventer un nouveau type de microphone pour la radio. Cela a fait sensation voici une semaine, juste avant l'annonce du discours de Malblanshi. Il est branché directement sur le larynx du speaker et il en traduit les vibrations en ondes radiophoniques. Il suffit de parler à voix basse.

— Et sur quoi va rouler ce discours ?

— Personne ne sait, mais il aura trait aux Martiens, évidemment. De quoi d'autre voudrait-on parler au monde entier ? Il y a des bruits qui courent, on dit qu'un Martien aurait enfin établi avec lui un contact sensé et lui aurait fait des propositions pour négocier leur départ à tous. Ce n'est pas impossible, après tout. Ils doivent bien avoir un chef, et Malblanshi était bien l'homme à qui s'adresser pour établir des pourparlers.

Luke sourit, car il était à peu près sûr maintenant que l'expérience faite sur son subconscient, quelques instants auparavant, avait marché ; personne depuis n'avait réagi comme à la vue de Martiens autour de soi. Quelle déconfiture attendait Malblanshi ! Dès demain…

Il prit la parole d'un ton assuré :

— Margie, dis-moi… Depuis combien de temps as-tu vu un Martien ?

Elle le regarda d'un air un peu étrange.

— Pourquoi cela, Luke ?

— Rien… simplement pour savoir.

— Si tu *tiens* à le savoir, il y en a deux ici juste en ce moment.

— Oh… fit-il.

(Ça n'avait *pas* marché.)

— Je suis prête, fit Margie. Nous descendons ?

Le petit déjeuner était servi. Luke mangea songeusement, sans même faire attention à ce qu'il mâchait. Les œufs au jambon auraient pu aussi bien être de la sciure de bois.

*Pourquoi* cela n'avait-il pas marché ?

Ce sacré subconscient, il n'avait donc pas *entendu* son message ?

Ou bien l'avait-il entendu et ne voulait-il pas y croire ?

Soudain, il sut qu'il lui fallait partir. Quelque part ailleurs, n'importe où. Ici (et ici, c'était bien un asile de fous, inutile de se le dissimuler, même s'il portait le nom de clinique de repos), il n'était pas apte à réfléchir sur un tel problème.

Et toute merveilleuse que fût la présence de Margie, elle constituait une source de distraction.

C'était dans la solitude qu'il avait inventé les Martiens ; ce serait dans la solitude qu'il pourrait le mieux les exorciser. Loin de tout contact extérieur.

La cabane de Carter Benson dans le désert ? Mais oui, bien sûr ! *C'était là que tout avait commencé !*

Évidemment, maintenant on était en août, et il ferait là-bas une chaleur d'enfer. Mais raison de plus : il serait certain ainsi de ne pas y trouver Carter ; il n'aurait même pas besoin de lui demander l'autorisation de s'y rendre, puisque l'autre ne serait jamais au courant de sa venue. Donc, on ne saurait pas où le trouver si on le recherchait. Margie n'avait pas entendu parler de l'endroit.

Mais il lui fallait agir avec prudence. Trop tôt maintenant : les banques seraient encore fermées. Grâce au ciel et à Margie, le compte était à leurs deux noms. Il retirerait une somme suffisante pour acheter une voiture d'occasion : plusieurs centaines de dollars. Il n'allait pas se rendre à pied ou en stop jusqu'à la cabane ! Et la sienne était vendue depuis son départ d'Hollywood.

Heureusement d'ailleurs, le marché avait baissé de plus en plus. Pour moins de cent dollars, il trouverait un modèle tout à fait convenable.

— Ça ne va pas, Luke ?

— Non, non, il n'y a rien, répondit-il. (Après tout, autant préparer le terrain pour sa fuite.) Je me sens seulement un peu abruti, ajouta-t-il. J'ai mal dormi cette nuit.

— Tu pourrais peut-être aller refaire un somme maintenant, mon chéri.

Luke feignit d'hésiter :

— Ma foi... oui, peut-être tout à l'heure. Si je me sens vraiment fatigué. Pour le moment, j'ai la flemme d'y aller. Je sens que je ne pourrais pas trouver le sommeil.

— Tu as envie de faire quelque chose ?

— Si on faisait quelques parties de badminton ? Cela m'esquinterait juste assez pour que je puisse vraiment dormir ensuite.

Ils jouèrent une demi-heure, jusqu'à 8 h 30. Puis Luke bâilla et déclara que désormais il tombait de fatigue.

— Monte avec moi, suggéra-t-il, au cas où tu aurais besoin de prendre quelque chose. Comme ça, tu ne me dérangeras pas de la matinée, si par hasard je dors tout ce temps-là.

— Non, vas-y, je n'ai besoin de rien. Je te promets de ne pas te déranger jusqu'à midi.

Il lui donna un baiser rapide, regrettant de ne pas pouvoir lui faire de vrais adieux, puisqu'il allait ne plus la voir pour un certain temps. Puis il se rendit dans sa chambre.

Il commença par taper à la machine un billet

pour elle, lui disant qu'il l'aimait, mais qu'il avait une tâche importante à accomplir; qu'elle ne se tracasse pas, il serait bientôt de retour.

Il prit dans le sac de Margie de quoi se payer un taxi, puis regarda par la fenêtre dans l'espoir de l'apercevoir dans le parc. Mais il ne la vit ni par celle-ci, ni par celle du vestibule quelques secondes plus tard. En silence, il descendit les escaliers. Par la porte ouverte du bureau du Dr Snyder, il entendit la voix de Margie : «… pas vraiment de quoi se tracasser, mais il était quand même un peu bizarre. Je ne pense pas pourtant qu'il… »

Il sortit tranquillement par la porte de derrière donnant sur le parc et se faufila jusqu'à un coin où une rangée d'arbres dissimulait la clôture.

Le seul danger maintenant était que quelqu'un le vît de la rue faire l'escalade.

Mais il n'y avait personne.

# XVIII

C'était le 5 août 1964, quelques minutes avant une heure de l'après-midi à New York. Les heures étaient différentes partout de par le monde, mais pour tous, c'était un moment solennel.

Yato Malblanshi (Secrétaire général des Nations unies) était assis, seul, dans un petit studio de Radio City. Il était prêt et attendait. Plein d'espoir et à la fois de crainte.

Le microphone était branché sur son larynx. Des boules bouchaient ses oreilles pour qu'il ne fût pas distrait. Pour la même raison, il fermerait les yeux, l'instant venu.

Se rappelant que le contact n'était pas encore mis, il s'éclaircit la gorge. Il surveillait l'homme derrière la petite vitre de la salle de contrôle.

Il allait s'adresser à l'audience la plus vaste jamais réunie de mémoire d'homme. Mis à part quelques sauvages et les enfants en trop bas âge, la Terre entière était à l'écoute et l'entendrait par l'intermédiaire d'une armée de traducteurs.

Les préparatifs, bien que hâtifs, n'avaient souffert d'aucune négligence. Les gouvernements de tous les pays avaient apporté leur concours. Toutes les stations de radio fermées avaient été remises en service pour l'occasion. Tous les navires en mer retransmettraient également le discours.

Il devait se souvenir de parler lentement, avec un temps d'arrêt entre chaque phrase ou groupe de phrases, afin que les traducteurs pussent le suivre.

Même dans les contrées primitives, on avait prévu des traductions faites sur place dans les différents dialectes indigènes. Dans les pays civilisés, toutes les entreprises en chômage avaient rouvert et leurs employés s'amassaient autour des postes récepteurs. Et les sédentaires sans radio s'étaient joints à leurs voisins.

Approximativement, trois milliards d'êtres humains allaient entendre ses paroles. (Et, approximativement aussi, un milliard de Martiens.)

S'il réussissait, il deviendrait le plus célèbre... Mais Yato Malblanshi chassa prestement cette égoïste pensée. C'était pour l'humanité qu'il œuvrait, non pour lui-même. S'il réussissait, il se retirerait dans l'ombre, sans essayer d'exploiter son succès.

Et s'il échouait... mais il ne fallait pas songer à cette perspective.

Aucun Martien n'était en vue dans le studio, pas plus que dans la salle de contrôle.

Il s'éclaircit la gorge une nouvelle fois, juste à temps. L'homme derrière la vitre venait de lui faire signe après avoir manœuvré un bouton.

Il ferma les yeux. Et il parla.

Ses paroles furent les suivantes :

«Peuples du monde, je vous parle, ainsi qu'à

nos visiteurs de Mars. Et c'est surtout à eux que je m'adresse. Mais il est nécessaire que vous écoutiez aussi, et quand j'aurai fini vous pourrez répondre à une question que je vous poserai.

« Martiens, vous avez refusé de nous confier la raison de votre présence parmi nous.

« Peut-être êtes-vous malfaisants et retirez-vous du plaisir de nos souffrances morales.

« Ou peut-être votre psychologie, votre tournure d'esprit, est-elle si étrangère à la nôtre que nous n'aurions pu comprendre vos explications.

« Mais je ne crois ni à l'un ni à l'autre de ces motifs.

« En effet, si vous étiez réellement ce que vous faites semblant d'être, vindicatifs et querelleurs, vous vous disputeriez *entre vous.*

« Or, c'est là chose dont nous n'avons jamais été témoins.

« Martiens, vous nous jouez la comédie ! »

(D'un bout à l'autre de la Terre, un frémissement courut parmi les nations assemblées.)

« Martiens, vos agissements ont un but inavoué. À moins que votre raison ne se situe au-delà de mon pouvoir de compréhension, et vos desseins au-delà des limites de la logique humaine, ce but ne peut, ne doit répondre qu'à l'une ou l'autre de ces deux définitions.

« Ou il vise le bien, *notre* bien : et vous êtes venus sachant que nous étions divisés par les haines et les guerres et que seul pouvait nous réunir le sentiment d'une cause commune, d'une haine à partager qui transcende toutes les haines particulières et les rende ridiculement insignifiantes.

« Ou il est moins bienveillant, quoique sans inimitié réelle pour l'inspirer : et vous avez voulu, ayant appris que nous étions à la veille de la navigation interplanétaire, nous empêcher de venir sur votre monde, peut-être par peur d'être conquis, si vous êtes vulnérables sur Mars, peut-être simplement par ennui à l'idée de notre compagnie.

« Si l'une ou l'autre de ces raisons de base est réelle — et je crois que c'est le cas —, vous saviez que nous *dire* de renoncer aux guerres ou au voyage vers Mars n'aurait fait que nous braquer davantage.

« Vous vouliez que nous arrivions à la détermination par nous-mêmes et volontairement.

« Il nous est important de savoir exactement lequel des deux buts vous poursuivez.

« Quel qu'il soit, je vais vous prouver qu'il a été atteint. »

Et l'orateur ajouta :

« Je parle désormais — et je vais le prouver — au nom de tous les peuples de la Terre.

« Nous donnons notre parole que nous avons fini de nous combattre les uns les autres.

« Nous donnons notre parole que nous n'enverrons jamais un seul astronef sur votre planète, à moins d'y être un jour invités par vous, et encore me semble-t-il que nous aurons du mal à nous laisser convaincre. »

Puis, solennellement :

« Et maintenant la preuve. *Peuples de la Terre*, donnez-vous votre parole avec moi sur ces deux points ? Si oui, prouvez-le maintenant, où que vous soyez, en l'affirmant de votre voix la plus haute ! Mais pour donner le temps aux traducteurs de me rattraper, attendez s'il vous plaît que je donne le signal en disant...

« Allez-y ! »

« YES !
« SI !
« OUI !
« DA !
« HAI !
« YA !
« SIM !
« JES !
« NAM !
« SHI !
« LA ! »

Et des milliers d'autres mots qui tous avaient le même sens, sortis simultanément de la gorge et du cœur de tous les auditeurs sans exception.

Pas un non, pas un *niet* dans ce chorus.

C'était le plus fracassant des bruits jamais produits. Un bruit auprès duquel l'explosion d'une bombe H aurait fait l'effet d'une chute d'épingle, l'éruption du Krakatao celui d'un souffle de brise.

Sans le moindre doute possible, tous les Martiens sur Terre l'avaient entendu. S'il y avait eu une atmosphère pour porter le son, même les Martiens *sur Mars* l'auraient entendu !

À travers ses boules d'oreilles et les murs étanches du studio, Yato Malblanshi l'entendit et il sentit vibrer l'immeuble.

Tout autre mot eût paru plat après une telle

conclusion. Il ouvrit les yeux, fit signe à l'homme dans la salle de contrôle de débrancher, puis il poussa un profond soupir et se leva en ôtant les boules de ses oreilles.

Brisé sous le coup de l'émotion, il fit quelques pas, jusqu'à l'antichambre qui séparait le studio d'enregistrement du hall, et il s'arrêta un instant pour reprendre son sang-froid.

Par hasard, il se retourna et s'aperçut alors dans un miroir.

Un Martien les jambes croisées était installé sur sa tête, l'air hilare.

Et le Martien dit : « Va te faire enc… Toto. »

Yato Malblanshi sut alors ce qu'il lui restait à faire.

Il sortit de sa poche son poignard de cérémonie et le tira de son fourreau.

Il s'assit par terre dans la posture requise par la tradition. Il adressa une brève invocation à ses ancêtres, accomplit le rituel préliminaire et à l'aide du couteau…

… quitta sa charge de Secrétaire général des Nations unies.

# XIX

La Bourse avait fermé à midi le jour du discours de Malblanshi.

Le lendemain 6 août, elle ferma de nouveau à la même heure, mais cette fois pour ne plus rouvrir, le Président ayant pris une mesure d'urgence. Les cours d'ouverture ce matin-là se montaient à une fraction du montant des précédents (lesquels déjà représentaient une fraction des cours d'avant les Martiens), et en milieu de séance ils déclinaient à vue d'œil. L'ordre présidentiel arrêta les échanges à temps pour laisser au moins à quelques actions leur valeur au poids du papier.

Dans une mesure d'urgence encore plus radicale, le gouvernement annonça dans l'après-midi une réduction des forces armées de quatre-vingt-dix pour cent. Au cours d'une conférence de presse, le Président admit l'état désespéré qu'allait entraîner cette décision. Les rangs des chômeurs allaient encore considérablement s'élargir, bien que la mesure fût nécessaire pour éviter la banqueroute publique totale; mais les organisations de secours coûtaient moins cher que le maintien d'hommes sous les drapeaux. Et toutes les autres nations procédaient à de semblables coupes sombres.

Ce qui ne les empêchait pas, toutes autant qu'elles étaient, malgré toutes les réductions du budget, d'être au bord de la ruine. N'importe quel pouvoir était à la merci de la première révolution venue. Il se trouvait simplement que même les révolutionnaires les plus fanatiques *ne voulaient pas* du pouvoir.

Harassé, hébété, harcelé, horrifié, le citoyen moyen de chaque pays considérait d'un œil halluciné et hagard le hideux futur qui l'hypnotisait, et hoquetait de honte en pensant qu'aux heures heureuses dont le souvenir le hantait, il avait pu trouver des motifs de hargne dans la maladie et les impôts et juger que la bombe à hydrogène était la fin des haricots.

## TROISIÈME PARTIE

# *Départ des Martiens*

# I

Durant le mois d'août de l'année 1964, un homme répondant au nom assez peu croyable de Hiram Pedro Oberdorffer et habitant Chicago inventa un petit système qu'il appela supervibrateur subatomique antiextraterrestres.

Mr. Oberdorffer n'avait jamais dépassé le niveau des études primaires, mais il avait été pendant cinquante ans un lecteur invétéré des magazines de science populaire et des articles scientifiques dans les suppléments dominicaux des divers journaux. C'était un ardent théoricien et, selon ses propres termes (auxquels il faut bien ajouter foi), il « s'y connaissait autrement que tous ces types qui travaillaient dans les laboratoires ».

Depuis de nombreuses années, il exerçait l'emploi de portier et logeait dans deux pièces au soussol de l'immeuble où il était affecté. L'une d'elles lui servait à dormir, faire sa cuisine et manger. L'autre abritait sa réelle activité, celle qui était sa raison de vivre : c'était son atelier.

Outre un tabouret et quelques outils électriques, l'atelier comprenait plusieurs meubles à tiroirs ; à l'intérieur de ceux-ci ou empilés dessus (ainsi que sur le plancher), dans diverses boîtes se trouvaient de vieux éléments de moteurs automobiles, de radios, de machines à coudre et d'aspirateurs. Sans parler des vieux éléments de machines à laver, de machines à écrire, de bicyclettes, de tondeuses à gazon, de moteurs de hors-bord, de postes de télévision, de pendules, de téléphones, de jouets mécaniques, de moteurs électriques, d'appareils photo, de phonographes, de ventilateurs, de carabines et de compteurs Geiger. Bref, un amoncellement de trésors dans cette seule pièce.

Sa fonction de portier, surtout en été, lui laissait suffisamment de loisirs pour le bricolage et pour son autre passe-temps favori, qui consistait à aller s'asseoir, par beau temps, dans le parc public à dix minutes de chez lui, pour y satisfaire au repos et à la méditation.

Ce parc était en grande partie fréquenté par des clochards, des ivrognes et des cinglés. Mais qu'il soit bien entendu que Mr. Oberdorffer n'entrait dans aucune de ces catégories. Il travaillait pour vivre et ne buvait que de la bière en quantité modérée ; enfin il n'était certainement pas cinglé, il pouvait *prouver* qu'il était sain d'esprit. Il avait les papiers qu'on lui avait donnés en le relâchant de l'institution pour malades mentaux où il avait fait un bref séjour quelques années auparavant.

Les Martiens importunaient moins Mr. Oberdorffer que la plupart des gens ; l'excellent homme avait en effet la chance insigne d'être sourd comme une trappe.

Évidemment, les Martiens l'ennuyaient quand même quelquefois. Bien que privé de l'ouïe, il adorait parler. Le plus souvent, en fait, il pensait tout haut, car il avait l'habitude de se parler à soi-même tout en bricolant. Dans ce cas, les Martiens ne le gênaient pas. Mais ils troublaient de temps à autre ses conversations unilatérales avec son ami Pete.

Pete vivait chaque été dans le parc public, de préférence sur le quatrième banc à gauche dans l'allée qui partait en diagonale du centre vers le coin sud-est. Quand venait la saison des pluies, Pete disparaissait invariablement. Mr. Oberdorffer supposait, pas tellement à tort, qu'il partait en migration vers le sud avec les oiseaux. Mais le printemps suivant, il était de retour et les conversations reprenaient.

Conversations *très* unilatérales, sans aucun doute, car Pete était muet. Mais il se plaisait à écouter Mr. Oberdorffer qu'il prenait pour un grand penseur et un grand savant (point de vue que celui-ci partageait totalement), et quelques signes suffisaient de son côté pour entretenir le dialogue : un hochement de tête dans l'un ou l'autre sens pour dire oui ou non, un haussement de sourcils pour demander d'autres explications. Le plus souvent, d'ailleurs, les réactions de Pete se bornaient à un regard d'admiration et d'attention soutenue. Et il n'avait presque jamais recours au crayon et au papier que Mr. Oberdorffer emportait toujours avec lui en cas de nécessité.

Cependant, cet été-là, Pete s'était mis à user de plus en plus fréquemment d'un signe nouveau : la main en coupe derrière son oreille. Mr. Oberdorffer en avait conçu de la perplexité, car il savait qu'il parlait aussi fort que d'habitude. Il s'était informé et en réponse Pete avait écrit sur le papier : « Je ne peu pas antandre. Lé Martiens i fon tro de brui. »

Mr. Oberdorffer s'était donc vu obligé de forcer le ton, ce qui lui était assez désagréable. (Moins encore, à vrai dire, qu'aux occupants des bancs voisins, puisqu'il n'avait aucun moyen de vérifier quand le tapage des Martiens avait cessé.)

Au cours de cet été, même quand Pete ne réclamait pas un volume vocal plus élevé, les conversations ne donnaient à Mr. Oberdorffer plus autant de plaisir que par le passé. Trop souvent l'expression de Pete indiquait qu'il écoutait autre chose. Et si dans ces occasions Mr. Oberdorffer se retournait, il ne manquait pas de voir un ou plusieurs Martiens faisant exprès de distraire son auditeur.

C'était tellement odieux que Mr. Oberdorffer se mit à jouer avec l'idée d'agir de quelque manière contre les Martiens.

Mais ce ne fut qu'à la mi-août qu'il se décida. À cette époque, Pete disparut brusquement du parc public. Mr. Oberdorffer, comme une âme en peine, interrogea les occupants réguliers des autres bancs et ne rencontra que des rebuffades jusqu'au jour où un vieux barbu se mit à lui tenir un discours en réponse. Mr. Oberdorffer, montrant qu'il était sourd, lui donna le papier et le crayon ; il y eut un instant de flottement quand le barbu s'avéra incapable d'écrire même son nom, mais heureusement il se trouva un interprète en état de sobriété suffisant pour pouvoir transcrire les mots sur le papier.

De cela il ressortait que Pete était en prison.

Mr. Oberdorffer courut au commissariat du quartier et, après certaines difficultés (dues aux faits qu'il y avait beaucoup de Pete, qu'il ignorait le nom de famille du sien et qu'il ne comprenait rien à ce qu'on lui disait), il put enfin aller trouver son ami dans la prison où celui-ci était détenu.

Pete était déjà passé en jugement et avait écopé de trente jours. Il raconta sur le papier ce qui lui était arrivé.

Débarrassé des fautes d'orthographe, cela se résumait à ceci : il n'avait rien fait du tout, la police l'avait brimé ; évidemment, il avait un peu bu, sans ça il n'aurait jamais eu l'idée de vouloir voler à l'étalage des paquets de lames de rasoir, en plein jour et en compagnie de Martiens. Ces derniers l'avaient amené traîtreusement dans le magasin, lui assurant qu'ils feraient le guet pour lui, et quand il avait eu ses poches pleines, ils avaient fait un bruit à réveiller un mort jusqu'à ce qu'un flic arrive. Tout était leur faute.

Cette histoire pathétique émut à un tel point Mr. Oberdorffer qu'il résolut de prendre sans tarder des mesures contre les Martiens. Il était patient, mais sa patience avait des limites.

Le soir même, il se mettrait au travail. En route vers son domicile, il s'arrêta pour dîner au restaurant, en dérogation exceptionnelle à ses habitudes. Il voulait avoir l'esprit libre pour penser, sans devoir s'astreindre à faire la cuisine.

Il se mit donc à penser — à voix basse, pour ne

pas déranger les autres convives — tout en mangeant de la choucroute et des saucisses.

Il récapitula tout ce qu'il avait lu sur les Martiens dans les magazines de science populaire, et tout ce qu'il avait lu sur l'électricité, l'électronique et la relativité.

La réponse logique lui vint en finissant sa choucroute. « Ce sera, dit-il au garçon venu prendre la commande de son dessert, un supervibrateur subatomique antiextraterrestres. » La réponse du garçon, s'il y en eut une, fut perdue pour la postérité.

Il poursuivit ses pensées en rentrant chez lui. Une fois arrivé, il débrancha le signal d'appel (une lampe rouge au lieu d'une sonnerie), pour n'être dérangé par aucun locataire venu lui signaler un robinet fuyant ou un réfrigérateur récalcitrant, et il commença la construction de son supervibrateur subatomique antiextraterrestres.

« Ce moteur de hors-bord fournira l'énergie, soliloqua-t-il, en passant à l'action requise par ses paroles. Mais il faudra un générateur... Combien de volts ? »

Il le calcula et un transformateur lui fournit le voltage voulu.

Il rencontra une sérieuse difficulté en s'apercevant qu'il aurait besoin d'une membrane vibrante de vingt centimètres de diamètre. Rien dans son atelier ne pouvait en remplir le rôle et à cette heure tous les magasins seraient fermés.

Mais ce fut l'Armée du Salut qui le sauva. Il y songea et s'en fut dans les rues jusqu'à ce qu'il rencontrât une militante en train de faire la ronde des cafés. Il fallut trente dollars pour la convaincre de se séparer de son tambourin ; heureusement qu'elle succomba à ce chiffre, car c'était tout ce qu'il avait en sa possession. En outre, si elle avait fait des difficultés, il aurait été fortement tenté de lui arracher l'objet et de s'enfuir avec, ce qui n'aurait eu pour autre résultat que de l'envoyer en prison rejoindre Pete. Il courait bien trop mal.

Le tambourin, une fois débarrassé des petits disques de métal qui le garnissaient, s'avéra convenir parfaitement. Saupoudré d'un peu de limaille de fer et placé entre le tube cathodique et la casserole d'aluminium qui servait de grille, il filtrerait les rayons delta en éliminant ceux qui étaient indésirables, et les vibrations de la limaille, quand le moteur serait mis en marche, procureraient la fluctuation voulue dans l'inductance.

Finalement, une heure après le moment habituel de son coucher, Mr. Oberdorffer souda la dernière connexion et recula pour admirer son œuvre. Un soupir de satisfaction lui échappa. Il avait fait du bon travail. Les résultats allaient être probants.

Il s'assura que la fenêtre donnant sur le conduit d'aération était grande ouverte. Il fallait que les vibrations subatomiques aient de quoi se frayer un chemin vers l'extérieur, sinon elles agiraient uniquement dans la pièce. Mais une fois libérées, elles parcourraient le monde en quelques secondes, comme les ondes hertziennes.

Il mit du carburant dans le réservoir du moteur, enroula la corde, s'apprêta à la tirer… puis hésita. Des Martiens avaient fait leur apparition dans l'atelier toute la soirée, mais aucun n'était présent pour le moment. Il attendrait que ce fût le cas pour mettre l'appareil en route ; ainsi jugerait-il immédiatement de son efficacité.

Il passa dans la pièce attenante et sortit une bouteille de bière du réfrigérateur. Puis il revint dans l'atelier et s'assit en buvant à petits coups.

Quelque part dehors sonna une horloge que Mr. Oberdorffer n'entendit pas.

Et soudain, il y eut un Martien assis juste au sommet du supervibrateur subatomique antiextraterrestres.

Le cœur plein d'exaltation, Mr. Oberdorffer posa sa bière, alla saisir la corde — et tira.

Le moteur ronfla, l'appareil se mit à fonctionner.

Le Martien était toujours là.

— Il faut quelques minutes pour accumuler le potentiel d'énergie, dit à voix haute Mr. Oberdorffer, s'adressant plus à lui-même qu'au Martien.

Il se rassit, reprit sa bière. Il se remit à boire, attendant que fussent passées les quelques minutes, observant ce qui allait se produire.

Il était approximativement 23 h 05, heure de Chicago, le mercredi 19 août 1964.

## II

L'après-midi du 19 août, à Long Beach, Californie, vers 16 heures (au moment où, à 18 heures à Chicago, Mr. Oberdorffer s'attablait devant sa choucroute), Margie Devereaux entra dans le bureau du Dr Snyder en demandant :

— Je vous dérange, docteur ?

— Pas du tout, Margie, entrez, fit le Dr Snyder qui était submergé de travail. Asseyez-vous.

Elle parla d'une voix un peu haletante :

— Docteur, je crois que j'ai enfin une idée de l'endroit où se trouve Luke.

— Espérons que c'est la bonne, Margie. Depuis le temps...

Il y avait en effet quinze jours et quatre heures exactement que Margie, allant réveiller Luke de son somme, avait découvert au lieu d'un mari un petit billet sur le lit.

Elle avait couru au bureau du docteur. Leur première pensée avait été de téléphoner à la banque. Là, on leur avait appris que Luke avait retiré cinq cents dollars.

Le lendemain, la police découvrait qu'un homme

répondant au signalement de Luke avait acheté cent dollars une voiture d'occasion.

Depuis, aucun autre indice. Le Dr Snyder, qui avait de l'influence, avait fait répandre dans tout le Sud-Ouest le signalement de Luke et de sa voiture, une vieille Mercury jaune de 1957. Mais en vain.

— Nous avions conclu, disait Margie, que l'endroit où il était le plus susceptible de se rendre était cette cabane dans le désert, où il était le soir de l'arrivée des Martiens. Vous êtes toujours de cet avis ?

— Certainement. Comme il vous le dit dans son billet, il croit qu'il a *inventé* les Martiens. Donc, quoi de plus naturel pour lui que de retourner là-bas, d'essayer de recréer les mêmes circonstances et de défaire ce qu'il s'imagine avoir fait. Mais je croyais que vous n'aviez aucune idée de la situation de cette cabane.

— Je n'en ai toujours aucune. Mais je viens seulement de me rappeler quelque chose, docteur. Luke m'avait dit voici des années que son ami Carter Benson venait d'acheter une cabane isolée... près d'Indio, il me semble. Je parierais que c'est celle-là.

— Mais vous avez bien déjà téléphoné à ce Benson ?

— Oui, mais simplement pour lui demander s'il avait vu Luke ou entendu parler de lui. Je ne lui ai rien demandé d'autre.

— Hmm, fit le Dr Snyder. Vous êtes peut-être dans le vrai. Mais il y serait allé sans même lui en parler ?

— Pas en mars dernier, probablement. Mais maintenant il se cache. Il devait tenir à ce que personne ne sache où il était. Et il devait prévoir que Carter ne serait pas sur les lieux, pas en plein été.

— Vous avez raison. Vous rappelez Benson ?

— Oui. Je reviens dès que ce sera fait. Je ne veux pas vous déranger en téléphonant ici, je sais que vous avez beaucoup de travail… même si vous ne l'avouez pas.

Quelques minutes plus tard, Margie était de retour, rayonnante.

— Docteur, j'avais raison ! Et Benson m'a donné tous les détails sur l'emplacement de la cabane. C'est bien là qu'était Luke en mars.

— Bravo ! Est-ce que nous téléphonons à la police locale ?

— Pas question. J'y vais.

— Seule ? Vous ne savez pas dans quel état vous allez le trouver. Son mal peut avoir… progressé.

— Ne vous inquiétez pas, docteur. Quoi qu'il en soit, je saurai comment procéder. (Elle regarda sa montre.) 4 h 15. Si cela ne vous dérange pas, je pourrais partir maintenant et être là-bas vers 9 ou 10 heures.

— Vous ne voulez vraiment personne pour vous accompagner ?

— Vraiment.

— Très bien, ma chère Margie. Soyez prudente en conduisant.

## III

Le soir du troisième jour de la troisième lune de la saison des *kudus* (soit approximativement le moment où, à Chicago, Mr. Oberdorffer cherchait son ami Pete dans le parc d'où il avait disparu), un sorcier du nom de Bugassi, de la tribu des Moparobi en Afrique équatoriale, était appelé devant le chef. Ce dernier se nommait M'Carthi, mais il n'avait aucun lien de parenté avec un certain ex-sénateur des États-Unis qui naguère avait un peu fait parler de lui.

— Toi faire grand juju contre Martiens, intima M'Carthi à Bugassi.

Évidemment, il n'employa pas en réalité le mot *Martiens*, mais le mot *gnajamkata,* dérivé de *gna* (pygmée), *jam* (vert) et *kat* (ciel), la voyelle finale indiquant un pluriel. D'où la traduction complète : « Pygmées verts venus du ciel ».

Bugassi s'inclina.

— Moi faire grand juju, assura-t-il.

La position de sorcier chez les Moparobi était précaire. À moins d'être très bon dans sa spécialité, un sorcier avait peu d'espoir de parvenir sain et sauf à ses vieux jours. Et il en aurait eu encore moins si le chef avait fait plus souvent des demandes officielles, car, d'après la loi, tout sorcier qui échouait à satisfaire pareille demande était immédiatement transféré au garde-manger de la tribu. Et les Moparobi étaient anthropophages.

La tribu avait compté six sorciers au temps de l'arrivée des Martiens. Aujourd'hui, Bugassi était le seul survivant. Une lune après l'autre (on ne pouvait pour cause de tabou fabriquer plus d'un seul juju par lune), ses cinq confrères avaient successivement essayé sans y réussir d'accéder aux désirs du chef.

Maintenant c'était le tour de Bugassi et, à en juger par le regard de convoitise que lui jetaient M'Carthi et le reste de la tribu, un insuccès de sa part ne serait pas l'occasion d'un deuil national. C'est long, les vingt-huit jours d'une lune, et l'estomac carnivore des Moparobi se morfondait.

En fait, tous les estomacs de l'Afrique noire se morfondaient.

Les tribus qui avaient vécu de la chasse mouraient de faim ou avaient émigré vers des lieux riches en nourritures végétales. Car la chasse était devenue strictement impossible.

Pour chasser, il faut pouvoir approcher sa proie à la dérobée, contre le vent, pour tuer par surprise.

Avec les Martiens, plus question de surprise.

Ils n'aimaient rien tant qu'aider à la chasse. Leur méthode d'aide consistait à devancer de loin le chasseur, en courant ou en couimant, jusque sous le nez du gibier qu'ils alertaient avec des cris joyeux.

Inutile d'ajouter que lorsque le chasseur arrivait à son tour sur les lieux, le gibier n'y était plus.

Et quatre-vingt-dix-neuf fois sur cent, il revenait les mains vides, sans même avoir eu l'occasion de tirer une seule flèche, de lancer un seul javelot.

C'était la crise. Tout aussi dramatique que celles qui sévissaient dans les pays plus civilisés.

Les tribus vivant de l'élevage étaient également touchées. Les Martiens se plaisaient à enfourcher brusquement les bêtes et à semer la panique. Évidemment, les Martiens n'ayant ni poids ni substance, une vache ne pouvait en *sentir* un sur son dos ; mais quand il se penchait pour lui hurler dans l'oreille de toute sa voix : *« Iwrigo 'm N'gari »* (Hue cocotte) et qu'une douzaine ou plus de ses congénères faisaient de même ailleurs dans le troupeau, il s'ensuivait une certaine confusion.

Apparemment, les naturels de l'Afrique n'étaient pas *enchantés* de la présence des Martiens.

C'est pourquoi M'Carthi avait réuni ses six sorciers, afin de les persuader d'unir leur savoir dans l'édification du plus grand juju jamais fait de mémoire de Moparobi.

Ils avaient refusé, car leurs secrets personnels étaient chose sacrée. Mais on avait abouti à un compromis : après avoir tiré au sort, ils feraient, chacun à tour de rôle, leur tentative. Et chacun, s'il échouait, confierait à son successeur tous ses secrets (notamment les ingrédients et incantations ayant contribué à faire son juju), avant d'aller finir dans l'estomac de la tribu.

Donc Bugassi, qui avait tiré la plus longue paille, se trouvait maintenant, cinq lunes plus tard, en possession du savoir combiné de tous ses collègues joint au sien, et les sorciers des Moparobi étaient renommés pour être les plus grands de toute l'Afrique. En même temps, il connaissait par le détail tous les matériaux employés pour les cinq jujus précédents, toutes les formules magiques prononcées.

Muni de cet attirail de connaissances, il mettait au point son propre juju depuis toute une lune, c'est-à-dire depuis que Nariboto, le cinquième sorcier, avait quitté ce monde sous forme de chair consommable. (La part de Bugassi, à sa requête, avait été le foie et il en avait conservé un petit morceau ; maintenant, bien putréfié, ce serait un élément de choix à inclure dans son juju.)

Bugassi savait que son juju ne pouvait manquer de réussir. Non seulement parce que les conséquences d'un échec pour sa propre personne étaient impensables, mais... eh bien, parce que cette mise en commun de *toutes* les connaissances des sorciers Moparobi devait triompher de tout.

Ce serait là un juju à enterrer tous les autres jujus — et les Martiens par la même occasion.

Ce serait un juju monstre. Il allait comprendre tous les ingrédients et toutes les incantations ayant servi pour les cinq autres, plus onze ingrédients et dix-neuf incantations (dont sept pas de danse) qui étaient l'apport personnel de Bugassi et constituaient ses secrets inédits, totalement inconnus de ses prédécesseurs.

Chaque ingrédient tenait dans la main, mais,

une fois tous assemblés, ils rempliraient une pleine vessie d'éléphant mâle. (Un éléphant tué, bien sûr, avant la venue des Martiens.)

Et l'assemblage du juju durerait toute la nuit, puisque la mise de chaque ingrédient devait s'accompagner des incantations ou danses appropriées, sans compter celles qui servaient de transitions.

Cette nuit-là, aucun Moparobi ne dormit. Assis en un cercle respectueux autour du grand feu, et remplissant de temps à autre leurs femmes, ils regardèrent œuvrer Bugassi, qui se dépensait sans compter. C'était une performance exténuante. Ils notèrent tristement qu'il perdait du poids à vue d'œil.

Juste à l'aube, Bugassi se traîna jusqu'à M'Carthi et se coucha devant lui.

— Juju fini, annonça-t-il.

— *Gnajamkata* toujours ici, dit sévèrement M'Carthi.

Il y en avait même beaucoup. Toute la nuit, ils avaient été pleins d'agitation, observant les préparatifs et faisant mine avec allégresse d'y contribuer. À plusieurs reprises, ils avaient embrouillé Bugassi dans ses danses et une fois l'avaient fait trébucher et tomber la tête la première en surgissant inopinément entre ses deux jambes au milieu d'une figure compliquée. Chaque fois, il avait patiemment recommencé la danse pour ne perdre aucun pas.

Bugassi se redressa sur un coude dans la poussière. De l'autre bras, il indiqua l'arbre le plus proche.

— Juju doit pendre au-dessus de la terre, fit-il.

M'Carthi donna un ordre. Trois hommes attachèrent le juju avec une corde de lianes tressées et il fut hissé jusqu'à une branche basse où on le fixa.

Bugassi, qui s'était remis péniblement sur ses pieds, marcha, boitant et les genoux en dehors, en direction de l'arbre et se campa sous le juju. Il regarda vers l'est, où une légère lueur annonçait le soleil sous l'horizon.

— Quand soleil éclairer juju, dit-il solennellement quoique d'une voix rauque, *gnajamkata* s'en aller.

Le bord rouge du soleil apparut à l'horizon ; ses premiers rayons frappèrent le haut de l'arbre d'où pendait le juju, puis leur lumière descendit.

Dans quelques minutes, les rayons atteindraient le juju.

Coïncidence ou autre chose, c'était le moment précis où, à Chicago, Illinois, États-Unis d'Amérique, un certain Hiram Pedro Oberdorffer, portier de son état et inventeur à ses moments perdus, était assis à siroter une bière en attendant que le potentiel d'énergie se fût accru dans son supervibrateur subatomique antiextraterrestre.

# IV

Et, approximativement trois quarts d'heure avant ce moment précis, à environ 20 h 15, heure du Pacifique, dans une cabane située dans le désert aux alentours d'Indio, Californie, Luke Devereaux se versait son troisième verre de la soirée.

C'était la quatorzième qu'il passait ici, et chacune des précédentes avait vu croître son désarroi.

Les ennuis avaient commencé le soir même de sa fuite : sa voiture d'occasion était tombée en panne à mi-chemin entre Long Beach et Indio. Le garage local ne pouvait la réparer que pour le lendemain après-midi. Il avait passé la soirée à se morfondre et la nuit à l'hôtel à ne pas dormir, tout dépaysé de se retrouver de nouveau seul dans un lit.

Le lendemain matin, il avait fait quelques achats pour les porter directement dans la voiture au garage. Il se choisissait une machine à écrire quand, à 10 heures (heure du Pacifique), toute activité dans la boutique avait été interrompue pour écouter à la radio le discours de Malblanshi. Sachant que le postulat de base de la théorie de ce dernier — l'existence *réelle* des Martiens — était faux, Luke s'était fort diverti à suivre son raisonnement ridicule.

Outre la machine à écrire, accompagnée d'une rame de papier, il avait fait l'acquisition d'une valise porte-habits, de quelques vêtements, d'articles de toilette et de provisions solides et liquides suffisantes pour plusieurs jours. Il espérait que la tâche qu'il avait à accomplir ne nécessiterait pas un séjour plus long dans la cabane.

La réparation de l'auto lui avait coûté près de la moitié du prix d'achat. Il s'était remis en route au milieu de l'après-midi et était arrivé à destination à la nuit tombante. Il se sentait trop fatigué pour tenter quelque chose sur l'heure. D'ailleurs, il avait oublié que, seul, il n'avait aucun moyen de vérifier les résultats de son action.

Le lendemain matin, il alla donc à Indio s'acheter le modèle le plus perfectionné de radio, un poste qui captait les émissions du monde entier.

Il n'aurait qu'à l'ouvrir : n'importe quelle station lui apprendrait son succès.

Le seul inconvénient, c'est que, deux semaines durant, toutes les stations avaient persisté dans leur erreur et parlaient des Martiens comme si de rien n'était.

Et pourtant, Luke ne ménageait pas ses efforts. Il en était malade à force d'exercer sa pensée et de faire toutes les tentatives possibles.

Voyons, il *savait* que les Martiens étaient imaginaires, qu'ils étaient (comme tout le reste) le produit de son cerveau, qu'il les avait inventés cinq mois plus tôt en cherchant une idée pour un roman de science-fiction.

Mais puisque jamais aucune autre de ses idées littéraires ne s'était ainsi concrétisée, il y avait certainement eu quelque chose de différent ce soir-là ; aussi essayait-il de recréer les circonstances exactes du moment, l'état d'esprit exact qui avait été le sien, chaque condition de façon exacte.

Y compris, bien entendu, l'exacte quantité de boisson absorbée, l'exact degré d'ivresse atteint, puisque cela pouvait avoir été un facteur. Tout le jour, il faisait les cent pas en se rongeant les poings, sans boire une goutte (*exactement* comme la première fois, sauf qu'alors il se tourmentait pour un autre motif), et le soir, il se mettait à boire après le dîner, par petites doses soigneuses selon la norme qu'il avait établie à l'époque.

Et rien ne se produisait.

Qu'est-ce qui n'allait pas ?

Il avait bien inventé les Martiens en les imaginant, hein ? Bon, alors pourquoi ne pouvait-il pas les *dés*inventer maintenant que son imagination avait cessé de leur prêter existence, maintenant qu'il connaissait la vérité. Pourquoi y arrivait-il seulement pour lui, alors que les autres gens continuaient à vivre avec leur illusion ?

Ce devait être l'effet d'un barrage psychique, décida-t-il. Mais comment en déterminer la nature ?

Il but une gorgée et, pour la millième fois peut-être, tenta de se rappeler de façon précise le nombre de verres qu'il avait pris ce soir-là.

Ou bien se trompait-il ? La quantité de boisson n'avait-elle rien à voir avec l'événement ?

Il but une autre gorgée et se mit à marcher de long en large. « Il n'y a pas de Martiens, songeat-il. Il n'y en a jamais eu. Ils existaient — comme le reste du monde — tant que je les imaginais. Et maintenant je ne les imagine plus. »

Par conséquent…

Peut-être l'effet avait-il été obtenu, cette fois. Il alluma la radio, écouta des retransmissions qui ne mentionnaient rien de particulier. S'il avait réussi, il faudrait bien plusieurs minutes, comme les gens ne voyaient pas sans arrêt les Martiens, pour que quiconque s'aperçût de leur disparition.

Les minutes passèrent. Le cœur de Luke tressaillit. Un commentateur eut alors une parole malheureuse : « J'ai en ce moment près de moi un Martien qui essaie de… »

Luke vomit un juron et ferma la radio.

Il but encore, continua à faire les cent pas, se rassit, termina son verre. Il s'en versait un autre quand il eut une idée subite.

Ce barrage psychique, peut-être pouvait-il en triompher en le contournant au lieu d'essayer de l'enfoncer. Un manque de confiance en soi en était peut-être la cause, malgré sa certitude d'être dans le vrai. Si par exemple il imaginait quelque chose d'autre, de complètement différent, et que son imagination en matérialisât l'existence, plus moyen alors pour ce sale subconscient rétif de nier, et dans ce cas…

Essayer valait la peine. Il n'y avait rien à perdre.

Mais il fallait imaginer une chose réellement *désirée*. Et quel était à l'heure actuelle son plus grand désir, hormis celui d'être débarrassé des Martiens « des autres » ?

Margie, comme de juste.

Elle lui manquait terriblement après ces deux semaines. Il s'était tellement réhabitué à elle.

S'il pouvait imaginer Margie, l'imaginer si fort qu'elle *serait* ici, il briserait ce barrage psychique.

« J'imagine, pensa-t-il, qu'elle roule vers la cabane en voiture, qu'elle a déjà traversé Indio, qu'elle est à un kilomètre d'ici. Bientôt, je vais entendre le moteur... »

Bientôt, il entendit le moteur.

Il se força à marcher — sans courir — vers la porte. Il l'ouvrit. Il voyait au loin se rapprocher les phares.

Maintenant ?...

Non, il devait attendre d'être *sûr*. Attendre de voir l'auto s'arrêter et Margie en descendre, et alors seulement il *saurait*. Alors seulement, dans cet instant solennel, il pourrait penser : « IL N'Y A PAS DE MARTIENS. »

Et il n'y en aurait pas.

Encore quelques minutes, et la voiture serait à la hauteur de la cabane.

Il était approximativement 21 h 05, heure du Pacifique. À Chicago, il était 23 h 05 et Mr. Oberdorffer buvait sa bière en attendant que s'accumulât le potentiel d'énergie de son supervibrateur. En Afrique équatoriale, c'était l'aurore et un sorcier nommé Bugassi se tenait les bras croisés sous le plus grand juju jamais édifié, en attendant que le soleil l'atteignît.

. . . . . . . . . . . . . . . . . .

Quatre minutes plus tard, cent quarante-six jours et cinquante minutes après leur première apparition, les Martiens se volatilisèrent. Simultanément, de partout — tout au moins sur la Terre.

Où qu'ils fussent allés, aucun témoignage digne de foi n'a plus jamais rapporté, depuis cet instant, un exemple de leur présence quelque part. Il existe encore couramment des personnes qui voient des Martiens dans des cauchemars ou des crises de delirium tremens, mais ce n'est pas ce qu'on a coutume d'appeler des témoignages dignes de foi.

Jusqu'à aujourd'hui…

# *Épilogue*

Personne à ce jour ne sait la raison de leur venue ni celle de leur départ.

Ce qui ne veut pas dire qu'un grand nombre de gens ne *croient* pas savoir, ou n'aient pas leur petite idée à ce sujet.

Des millions de gens pensent encore qu'ils étaient, non des Martiens, mais des démons, retournés à l'enfer parce que le Dieu vengeur qui les avait dépêchés pour punir nos fautes avait été ému de nos prières.

Le restant de l'humanité, en majeure partie, admet qu'ils étaient bien des Martiens. Beaucoup, mais pas tous, attribuent à Yato Malblanshi le mérite d'avoir causé leur départ, en se fondant sur l'argument suivant : malgré l'unanimité de la réaction terrienne, les Martiens ne pouvaient y donner suite dans l'immédiat, il fallait qu'ils réunissent un conseil pour en discuter, d'où le délai qui avait suivi le discours du défunt Secrétaire général des Nations unies.

En tout cas, il n'existe plus d'armée permanente et plus de projets de conquête de l'espace, juste *au cas* — on ne sait jamais — où Malblanshi aurait eu raison.

Mais tout le monde ne se borne pas à Dieu ou à Malblanshi.

Une tribu africaine entière, par exemple, sait que ce fut le grand juju du sorcier Bugassi qui renvoya les *gnajamkata* au *kat* d'où ils n'auraient jamais dû sortir.

Le portier d'un immeuble de Chicago sait parfaitement qu'il a anéanti les Martiens grâce à son supervibrateur subatomique antiextraterrestres.

Et ce ne sont là bien entendu que deux cas pris au hasard. Des centaines de milliers d'autres (plus ou moins pseudo-) savants et mystiques avaient axé tous leurs efforts vers ce seul but et sont persuadés de l'avoir atteint.

Et puis enfin, il y a Luke qui sait qu'ils se trompent *tous*. Mais qu'importe ce qu'ils pensent, puisque de toute façon ils n'ont d'existence que dans son esprit. Et maintenant qu'il est un auteur de westerns à succès, avec quatre best-sellers produits en quatre ans, une splendide propriété à Beverly Hills, deux Cadillac, une femme aussi aimée qu'aimante et deux jumeaux de deux ans, Luke est très prudent sur la façon dont il laisse courir son imagination. Il est trop satisfait de l'univers tel qu'il l'imagine présentement pour se permettre de courir le moindre risque !

## *Post-scriptum de l'auteur*

Mon éditeur m'adresse la lettre suivante .

*Avant d'envoyer le manuscrit de* Martiens, go home ! *à l'imprimerie, je voudrais vous suggérer de compléter le roman d'un post-scriptum, où vous nous diriez ainsi qu'aux autres lecteurs quelle est en fin de compte la* vérité *à propos de vos Martiens.*

*Puisque vous êtes l'auteur, vous au moins devez savoir s'ils venaient de Mars ou de l'enfer, ou si votre personnage Luke Devereaux avait raison en croyant que les Martiens, comme le reste de l'univers, étaient un produit de son imagination.*

*Il est déloyal envers vos lecteurs de ne pas satisfaire leur curiosité.*

Bien des choses sont déloyales, y compris et particulièrement cette requête de mon éditeur !

J'avais voulu éviter de me montrer trop précis, car la vérité peut être une chose terrifiante — et ici elle l'est si vous y croyez. Mais enfin la voici :

Luke a raison ; l'univers et tout ce que celui-ci

renferme existent uniquement dans son imagination. C'est lui qui l'a inventé, comme il a inventé les Martiens.

Seulement voilà : *c'est moi qui ai inventé Luke.* Conclusion : quelle possibilité d'existence cela laisse-t-il à Luke ou aux Martiens ?

Ou à vous qui me lisez, tous autant que vous êtes ?

FREDRIC BROWN.

*Tucson, Arizona, 1955.*

## DU MÊME AUTEUR

*Aux Éditions Gallimard*

VIEILLE CANAILLE

LA BELLE ET LA BÊTE (Folio policier n° 305)

*Aux Éditions Denoël*

MARTIENS, GO HOME ! (Folio Science-Fiction n° 6)

UNE ÉTOILE M'A DIT (Folio Science-Fiction n° 42)

FANTÔMES ET FARFAFOUILLES (Folio Science-Fiction n° 79)

L'UNIVERS EN FOLIE (Folio Science-Fiction n° 108)

LUNE DE MIEL EN ENFER (Folio Science-Fiction n° 280)

*Chez d'autres éditeurs*

HOMICIDE, MODE D'EMPLOI

SCHNOCK CORRIDOR

ATTENTION CHIEN GENTIL !

LA MORT A SES ENTRÉES

REGRETS ÉTERNELS

UN CADAVRE AU CLAIR DE LUNE

CRIME À CHICAGO

LES ASTICOTS NE SONT PAS DES ANGES

LE MONSTRE VOUS SALUE BIEN

CINCINNATI BLUES

LA NUIT DU JABBERWOCK

PARADOXE PERDU

*Dans la même collection*

| | | |
|---|---|---|
| 522. | Christopher Priest | *Les insulaires* |
| 523. | Jane Rogers | *Le testament de Jessie Lamb* |
| 524. | Jack Womack | *Journal de nuit* |
| 525. | Ray Bradbury | *L'Arbre d'Halloween* |
| 526. | Jean-Marc Ligny | *Aqua*™ |
| 527. | Bernard Simonay | *Le prince déchu* (Les enfants de l'Atlantide, I) |
| 528. | Isaac Asimov | *Fondation 1* |
| 529. | Isaac Asimov | *Fondation 2* |
| 530. | J. G. Ballard | *La forêt de cristal* |
| 531. | Glen Duncan | *Talulla* |
| 532. | Graham Joyce | *Les limites de l'enchantement* |
| 533. | Mary Shelley | *Frankenstein* |
| 534. | Isaac Asimov | *Les vents du changement* |
| 535. | Joël Houssin | *Argentine* |
| 536. | Martin Millar | *Les petites fées de New York* |
| 537. | Mélanie Fazi | *Le jardin des silences* |
| 538. | Graham Joyce | *Au cœur du silence* |
| 539. | Bernard Simonay | *L'Archipel du Soleil* (Les enfants de l'Atlantide, II) |
| 540. | Christopher Priest | *Notre île sombre* |
| 541. | Bernard Simonay | *Le crépuscule des Géants* (Les enfants de l'Atlantide, III) |
| 542. | Jack Vance | *Le dernier château* |
| 543. | Hervé Jubert | *Magies secrètes* (Une enquête de Georges Hercule Bélisaire Beauregard) |
| 544. | Hervé Jubert | *Le tournoi des ombres* (Une enquête de Georges Hercule Bélisaire Beauregard) |

545. Hervé Jubert — *La nuit des égrégores* (Une enquête de Georges Hercule Bélisaire Beauregard, INÉDIT)
546. L. L. Kloetzer — *Anamnèse de Lady Star*
547. Paul Carta — *La quête du prince boiteux* (Chroniques d'au-delà du Seuil, I)
548. Bernard Simonay — *La Terre des Morts* (Les enfants de l'Atlantide, IV)
549. Jo Walton — *Morwenna*
550. Paul Carta — *Le Siège des dieux* (Chroniques d'au-delà du Seuil, II)
551. Arnaud Duval — *Les ombres de Torino*
552. Robert Charles Wilson — *La trilogie Spin*
553. Isaac Asimov — *Période d'essai*
554. Thomas Day — *Sept secondes pour devenir un aigle*
555. Glen Duncan — *Rites de sang*
556. Robert Charles Wilson — *Les derniers jours du paradis*
557. Laurent Genefort — *Les vaisseaux d'Omale*
558. Jean-Marc Ligny — *Exodes*
559. Ian McDonald — *La petite déesse*
560. Roger Zelazny — *Les princes d'Ambre* (Cycle 2)
561. Jean-Luc Bizien — *Vent rouge* (Katana, I)
562. Jean-Luc Bizien — *Dragon noir* (Katana, II)
563. Isaac Asimov — *Cher Jupiter*
564. Estelle Faye — *Thya* (La voie des Oracles, I)
565. Laurent Whale — *Les damnés de l'asphalte*
566. Serge Brussolo — *Les Geôliers* (INÉDIT)

567. Estelle Faye — *Enoch* (La voie des Oracles, II)
568. Marie Pavlenko — *La Fille-Sortilège*
569. Léo Henry — *La Panse* (INÉDIT)
570. Graham Joyce — *Comme un conte*
571. Pierre Pevel — *Les enchantements d'Ambremer* (Le Paris des Merveilles, I)
572. Jo Walton — *Le cercle de Farthing*
573. Isaac Asimov — *Quand les ténèbres viendront*
574. Grégoire Courtois — *Suréquipée*
575. Pierre Pevel — *L'Élixir d'Oubli* (Le Paris des Merveilles, II)
576. Fabien Cerutti — *L'ombre du pouvoir* (Le Bâtard de Kosigan, I)
577. Lionel Davoust — *Port d'âmes*
578. Pierre Pevel — *Le Royaume Immobile* (Le Paris des Merveilles, III)
579. Jean-Pierre Boudine — *Le paradoxe de Fermi*
580. Fabrice Colin — *Big Fan*
581. Fabien Cerutti — *Le fou prend le roi* (Le Bâtard de Kosigan, II)
582. Jo Walton — *Hamlet au paradis*
583. Robert Charles Wilson — *Les Perséides*
584. Charles Yu — *Guide de survie pour le voyageur du temps amateur*
585. Estelle Faye — *Un éclat de givre*
586. Ken Liu — *La ménagerie de papier*
587. Chuck Palahniuk et Cameron Stewart — *Fight Club 2*
588. Laurence Suhner — *Vestiges* (QuanTika, I)
589. Jack Finney — *Le voyage de Simon Morley*
590. Christopher Priest — *L'adjacent*
591. Franck Ferric — *Trois oboles pour Charon*

*Composition Interligne*
*Impression Novoprint*
*à Barcelone, le 5 avril 2018*
*Dépôt légal : avril 2018*
*1er dépôt légal dans la collection : septembre 2000*

ISBN 978-2-07-077933-8/Imprimé en Espagne.

**334744**